L. v. Winterfeld-Platen

Der Mann in Erz

Leontine von Winterfeld-Platen

Der Mann in Erz

Roman aus Kursachsens Vergangenheit

„Der ist in tiefster Seele Treu,
der die Heimat so liebt wie du"

(Archibald Douglas)

OTTO BAUER VERLAG STUTTGART

ISBN 3-87047-073-9
Bearbeitete Neuausgabe 1993
© 1993 Otto Bauer Verlag Stuttgart
Umschlagfoto: Festung Königstein in der
Sächsischen Schweiz; Holder Urach
Herstellung: Druckerei Bauer GmbH, Winnenden
Printed in Germany

1

Der Wind kam von Norden und trieb ein scharfes Schneegeriesel über den Strom nach Böhmen hinein. Er pfiff über die kahlen Felskuppen und heulte stöhnend wie ein Gefesselter, wenn er sich in der Enge der schroffen Klüfte und klaffenden Schluchten fing, wo die Bergwasser zu Eis erstarrt ihre kristallenen Bogen über die gähnende Tiefe spannten. Schwer und träge schlich der Strom tief unten, denn der Wind war ihm entgegen. Weiß hoben sich die knirschenden Schollen vom schwarzen, stöhnenden Wasser, das murrend das Joch des Winters trug. Graue, zerrissene Wolkenfetzen strichen wie gepeitscht über den Himmel.

Gegenüber den Felsschroffen, die man heute die Bastei nennt, am anderen Ufer der Elbe, ragte nachtdunkler Tannenwald. Tief fegten die langbärtigen Äste unter des Nordwinds Wucht den hartgefrorenen Boden. Am Elbufer lichtete sich der Wald. Hier war die Fährstelle, wo es zur Burg Rathen hinüberging. Ein Glöcklein hing dort an einem schrägen Balken, um den Fährmann zu rufen, wenn er drüben war. Der Strick schwang zerfasert im Winde und schlug knirschend gegen das gefrorene Holz.

Unter dem Balken stand ein Mann und haschte mit der Hand nach dem tanzenden Seil. Bei seinem scharfen Ziehen wimmerte das Glöcklein wie ein krankes Kind, dem man weh tat. Der Sturm verschlang das Wimmern, so daß es kaum auf die andere Seite hinüberdrang.

Stärker riß der Mann. Aber nur ein Krähenschwarm hob sich kreischend von den letzten Wettertannen, die wie zerzauste Wächter einzeln vorm Waldrand ragten, und stiebte, vom Schneesturm getrieben, über das dunkle Elbwasser.

Als der Mann zum drittenmal zog, riß der zermürbte Strang. Und obwohl der Mann ein heiliges Gewand trug, nämlich Kutte und Strick, stieß er einen Fluch durch die Zähne.

„Bei König Wenzels Blut! Fährt heute keiner, weil das Eis so hoch geht? Und ich muß doch hinüber." Er spähte durch den Schneesturm. Von Zeit zu Zeit blitzte drüben am andern Ufer ein Licht auf.

Das kam von der Burg Rathen.

Da klang ein Wiehern durch den Wind. Der Mann in der Kutte drehte den Kopf. Aus dem Tannenwald hinter ihm trabte ein Fähnlein böhmischer Lanzenreiter, Männer des Romuald Niemans, Burggraf auf dem Königstein, gehorsam dem König Wenzel von Böhmen und nicht den Herzögen des askanisch-sächsischen Hauses. Denn man schrieb damals erst 1289, und der ganze südliche Teil des ehemaligen Gaues Nisani gehörte bis ins 15. Jahrhundert zur Krone Böhmens.

Der Mönch zuckte zusammen. Hinter die Böschung duckte er sich, um nicht gesehen zu werden. Aber er war dem scharfen Späherauge des Anführers nicht entgangen. Denn trotz der Dämmerung hob sich die dunkle Kutte deutlich vom hellen Schnee ab. Der Böhme stieß seinem struppigen Pferd, dem der Wind Mähne und Schweif kerzengerade nach vorne trieb, die Knie in die mageren Flanken. Er ritt direkt auf das Elbufer zu, wo der Mönch, am Boden geduckt, sich verbarg. Dann rief er ein scharfes Wort über die Schulter zurück. Die Böhmen bildeten einen Halbkreis, die Lanzen vorgestreckt. So trabten sie gegen den Fremden an.

Der vorderste lachte und strich sich die tief herunterhängenden Enden seines Schnauzbartes, der dieselbe unbestimmte Farbe hatte wie das Haupthaar, das in lauter straffen, zottigen Zöpfen unter der Pelzmütze hervorhing. Wieder drehte er sich nach seinen Gefährten um und rief, daß die weißen Zähne blitzten, in gut böhmisch: „Ein Straßenhund, bei Sankt Urban, den wir fangen müssen. Denn wenn der Kerl kein schlechtes Gewissen hätte, müßte er sich nicht verstecken."

Sie hatten jetzt den Mönch umzingelt. Der war aufgesprungen und stand steil vor ihnen, die Fäuste geballt.

Der Böhme beugte sich ein wenig vor und sah dem andern spähend ins Gesicht. Aber Schneetreiben und Dämmerung ließen ihn keine klaren Umrisse mehr erkennen. Nur, daß des andern Gesicht scharf und hager war und die Augen tief in ihren Höhlen lagen, wie bei einem, der lange krank gewesen war, das sah man undeutlich. Die Rechte des Mönches zuckte unter der Kutte, als suche sie dort eine Waffe.

Der Böhme stemmte die Linke in die Seite und krauste die Stirn.

„Was tust du hier? Warum verbirgst du dich vor uns? Sprichst du böhmisch oder deutsch?"

Der Mönch zuckte die Achseln. „Da du drei Fragen auf einmal stellst, muß ich dir dreimal antworten. Ich tue dasselbe wie du. Arbeite mich durch den Schneesturm unter ein schützendes Dach. Ich verbarg mich vor euch, weil man in dieser schlimmen Zeit auf der Hut sein muß. Ich spreche deutsch und böhmisch, was dir beliebt."

Der Reiter kaute an seinen Bartenden.

„Gut geantwortet, Pfaffe, nun komm in unsere Mitte, daß wir dich zum Burggrafen vom Steine führen."

„Weshalb?" Der Mönch biß die Zähne zusammen.

„Weil Herr Romuald es uns so befahl, alles fremde und fahrende Volk abzufangen und ihm zu bringen. Er hofft immer noch, den Geächteten drunter zu finden, auf dessen Haupt eine hohe Summe steht."

Der Fremde lachte.

„Dabei weiß es jedes Kind im Dorf, daß der Ratimer schon lange über die Grenze ist. Aber was habe ich armer Mönch mit dem Geächteten zu tun?"

Der Böhme krauste die Stirn.

„Nichts, wie all die andern, die wir schon fingen und dann wieder laufen lassen mußten. Aber es ist halt Befehl des Burggrafen. So komm gutwillig und laß uns nicht Gewalt brauchen."

Der Mönch schüttelte ernst den Kopf und wies über das Wasser.

„Mich ruft ein hohes Gebot, eine sterbende Seele verlangt nach mir. Ich muß da hinüber."

Der Böhme strich seinem Gaul über die nasse Mähne.

„Meint Ihr, bei dem Eisgang könnte der Fährmann hinüber? – Mann, Ihr seid toll. Und nun kommt! Hab das Reden und Warten satt in dem Wetter, Roß und Reiter wollen heim. Kommt."

Die übrigen Böhmen begannen auch schon zu murren und zogen grimmige Gesichter. Sie machten

Miene, den widerspenstigen Mönch mit Gewalt in ihre Mitte zu nehmen. Dichter an die Böschung trieben sie die struppigen Pferde.

Da warf der Fremde beide Arme hoch und rief in gutem Deutsch: „So gnade mir Gott und die heilige Jungfrau!" Und sprang von der Böschung hinab auf die nächste Eisscholle in den Strom. Und sprang von Scholle zu Scholle abwärtstreibend, in die Nacht hinein.

„Gospoli Gospodin! Das war der Satan selber!"
Der Böhme schlug ein Kreuz. Es grauste ihnen allen. Dann rafften sie sich auf und schossen dem Mönch Pfeile und Lanzen nach in das Dunkel. Einen Augenblick zögerte der Anführer.

Es war ihm jetzt klar, daß sich hinter der Kutte des andern mehr verbarg als ein einfacher Mönch.

Sollte es gar? –

Jähe Wut kochte in ihm auf. Hatte er sich so leichtsinnig das hohe Kopfgeld entgehen lassen?

Wenn man es dennoch versuchte, hineinzuspringen und dem andern nach! Sein Pferd schwamm gut, aber mit beiden Vorderfüßen hatte sich das Tier gegen den Boden gestemmt, über den Kopf weg fegte der Wind die Mähne. Es zitterte am ganzen Körper. In tödlicher Angst starrten seine Augen in das dumpf rollende, schwarze Wasser, in dem die mächtigen Schollen knirschten und krachten; es rührte sich nicht, obwohl der Böhme Sporen und Peitsche nicht schonte.

Sie starrten voll Grausen auf das Tier, das sie so noch nie gesehen hatten.

„Es war der Böse selber", murmelten sie und wandten die zitternden Gäule.

Im scharfen Trabe ging es nach dem Königstein zu, dem Anführer nach, in Schweigen und Grauen. -

Als die Nacht kam, wurde der Sturm schärfer. Es hatte jetzt aufgehört zu schneien. Auf den krachenden, berstenden Schollen rang ein Mann um Leben und Tod. Aufrecht stand er, starr die Augen wie spähende Raubtiere auf Wasser und Eis gerichtet, nach einer stärkeren Scholle suchend, die ihm als Brücke zum jenseitigen Ufer dienen könnte.

Aber das Ufer war noch fern. Und immer weiter im Dunkeln verschwammen die Lichter des Rathen, denn die Elbe riß ihn mit gurgelndem Tosen abwärts. Der Nordwind stach wie mit Messern. Die Kutte hatte es ihm vorne auseinandergerissen, so daß man die bloße Brust sah. So stand er - alle Muskeln gespannt - die Ohren scharf auf jedes feinste Knirschen unter ihm gerichtet, sprungbereit, den Strick, den er von seinen Lenden gerissen hatte, in den fast erfrorenen Händen.

Wieder ein Sprung - noch einer. Greifbar nahe war das andere Ufer jetzt. Und dann packte er den Strick und schleuderte die Schlinge um den breiten Weidenstumpf am Ufer, der wie eine düstere Silhouette aus der Dämmerung ragte.

Er mußte gut Bescheid wissen in dieser Gegend, ein anderer hätte den Stumpf nie gesehen. Am Strick zog er sich auf der Scholle ans Ufer. Felshart war hier der Boden und glatt vom Frost.

Der Mann warf sich in beide Knie nieder und küßte die Erde, die ihn trug.

„Heiliger Boden du! Heimaterde, die mich geboren! Ich grüße dich! Weit bin ich gewandert da draußen in der Fremde. Aber ruhelos. Denn es schrie in mir nach der Heimat, nach des V a t e r s Burg, die sie mir weggenommen haben. Heimaterde du! Geächtet bin ich und verfemt, aber du nimm mich auf. Ich bin ja dein Kind!"

Wie ein flehendes Stammeln schrie er's, bis seine Stimme brach. Er preßte den Kopf an den Fels, seine Glieder zitterten. Es war ja alles Nacht und Eis ringsum und kein schützendes Dach für den Fremdling.

Er stand auf. Da fühlte er, daß seine Schulter schmerzte. Er faßte mit der Hand an die Stelle, da war sie rot von Blut. Ein Böhmenpfeil mußte ihn verwundet haben, ohne daß er's gespürt hatte.

In die Eisnacht reckte er die nasse Bluthand, von der die Tropfen in den Schnee rannen.

„Bei Christi Blut und meinem eignen schwör ich's, daß ich dich mir wieder hole, heilige Heimat, so wahr ich ein Ratimer von Rathen bin!"

Er schritt jetzt fest und sicher am Ufer zurück, denn hier kannte er jede Biegung, jeden Felsstein – bis die Lichter des Rathen wieder durch das Dunkel leuchteten. Der Strom hatte ihn doch ein tüchtiges Stück abgetrieben.

Und dann stand er vor dem düstern Felskoloß, dem damals die Elbe noch fast an die Mauern spülte. Wie rote Augen sahen die Lichter aus der Burg glimmend in die Nacht. Am Wachtturm brach sich heulend der Nordwind.

Zwei-, dreimal schlich der Mönch um die Burg. In seinen Augen lag Entschlossenheit. Seine Zähne knirschten; aber nicht vor Angst; dann in einem plötzlichen Entschluß schritt er auf das eisenbeschlagene Tor zu und hob den schweren Klopfer. Murrend öffnete der Torwärter. Aber sein faltiges Gesicht glättete sich, als er die Kutte sah.

„Ihr kommt gerade recht zur heiligen Weihnacht, frommer Bruder, wir warten schon auf Euch." Dabei wies er mit dem Daumen über die Schulter zurück, wo hinter der Zugbrücke der Schloßhof in der Dämmerung lag.

Der Mönch machte das Zeichen des Kreuzes als Gruß, dann schritt er stumm über die ächzenden Bohlen. Was hatte der andere gesagt? Weihnacht? Heilige Weihnacht? Er fuhr sich über die Stirn. Daran hatte er noch gar nicht gedacht. Dann ging er langsamer, mit scharfem Auge Bollwerk und Mauern prüfend.

Da hatten sie am Roßstall gebaut und da oben am Wachtturm die Lücke wieder ausgefüllt, die damals in jener Mordnacht der Brand gerissen – in jener Nacht, als man ihn vom Rathen trieb wie einen tollen Hund – einen Heimatlosen – Beraubten. Seine Zähne gruben sich ins Fleisch. Seine Augen waren überall; wie zwei Raubvögel mit ihren scharfen Krallen an steiler Felswand Halt und Zuflucht suchen, tasteten seine flackernden Augen ruhelos über jeden Stein, jeden Balken, jeden Torbogen. War er denn nicht als kleiner Knabe dabei gewesen, als der Großvater den Rathen erbaute? Hatte sein Vater ihn nicht auf dem Sterbebette zum Herrn vom Rathen und Hockstein gemacht? Und jetzt hausten hier die Männer des Burggrafen vom Stein! Und wer ihn fand, konnte ihn totschlagen, denn er war ja vogelfrei.

Die hagere Gestalt des Mönches straffte sich. Sie sollten nur kommen, Ihn kannte hier keiner mehr. Die Jahre in der Fremde hatten ihn zu sehr verändert.

Für diese alle war Ratimer vom Rathen lange tot.

Für diese alle stand hier draußen im Schnee nur ein frierender Mönch.

Er ging nun quer über den Schloßhof zum rauchgeschwärzten Kücheneingang.

Am lodernden Herdfeuer hantierte eine rußige, alte Frau und zwei Knechte, eine junge Magd ging mit dampfenden Schüsseln die knarrende Treppe nach oben. Noch hatte keiner den Mönch bemerkt.

Der wunderte sich über das Treiben. Und auch über die vielen Männerstimmen und das Becherklirren, das von oben klang. Jetzt trat er in die Mitte der Küche und sagte langsam: „Gelobt sei Jesus Christus!"

Die rußige Frau und die beiden Knechte fuhren herum. Dann warf die Frau den klappernden Feuerhaken, den sie in der Hand hielt, auf die Steinfliesen, daß es klirrte, stürzte auf den Mönch zu und hob den Saum seiner Kutte küssend an die Lippen.

„In Ewigkeit, Amen! Frommer Vater, wir haben schon lange auf Euch gewartet wegen der heiligen Messe morgen zur Weihnacht; es ist dem frommen Christenmenschen nicht mehr geheuer in dieser unheiligen Zeit."

Der eine der Knechte, der am flammenden Herdfeuer gestanden und den Spieß mit der Bärenkeule gedreht hatte, kam langsam näher. Aufmerksam musterte er den Mönch.

„Ihr seid nicht Bruder Klemens, den uns das Kloster sonst immer zur Messe schickte. Ist Bruder Klemens krank?"

„Er ist schwer erkrankt, da sandte mich der Abt an seiner Stelle."

Der Knecht wischte sich den Bart. „Priester ist

Priester. Dem Burggrafen und dem Berken von der Duba wird's gleich sein, wer die Messe hält."

Die rußige Frau fuhr mit dem Schürzenzipfel über einen Holzschemel.

„Ihr werdet müde sein, Pater. Und hier ist auch eine Suppe."

Der Mönch rückte den Schemel tiefer in den Schatten, wo die grellroten Flammen des Herdfeuers ihn nicht mehr trafen. Dann fiel er schwer darauf nieder. Gierig löffelte er den heißen Brei aus dem Napf, den ihm die Frau auf die Knie stellte. Die drei am Herd kümmerten sich nicht weiter um ihn. Sie hatten alle, wie es schien, vollauf mit ihrer Arbeit zu tun. An die Fensterläden des tief in den breiten Mauern versteckten Fensters prallte pfeifend der Sturmwind und warf den Schnee gegen sie. Aber sie waren dicht und ließen nichts durch. Vom Hof klang von Zeit zu Zeit das Wiehern eines Pferdes herüber. Oben im Herrensaal schwollen die Stimmen und das Dröhnen der Humpen auf den Holztischen stärker an. Man hörte es deutlich durch den Wind.

Der Mönch hob lauschend den Kopf. Dann fragte er müde, in gleichgültigem Ton, den leeren Napf auf die Fensterbank schiebend: „Ist hier ein Gastmahl heut? Man sagte mir im Kloster nur, der Burggraf vom Steine käme zu Weihnachten hierher. Sonst weiß ich wenig, bin noch fremd hier in der Gegend."

Die alte Magd, die gerade dabei war, eine Gans zu rupfen, setzte sich gesprächig neben ihn.

„Ei, der fromme Vater ist noch unbekannt hier? Freilich, unser gestrenger Herr, der Burggraf vom Steine, feiert das heilige Fest immer hier. Denn er ist ein frommer Herr. Und drüben auf dem Königstein ist bei dem schlimmen Bergsturz vor Jahren die Kapelle eingestürzt, man kann sie nicht wieder aufbauen, es sollen böse Geister da sein. So läßt der fromme Herr die Messen immer hier halten. Unsere Kapelle ist gut und groß."

„Ja, sie ist gut und groß", dachte der Mönch. „Und unter ihren Steinplatten schlafen die beiden ersten Herren vom Rathen, die mein Vater und Großvater waren."

Laut sagte er: „Ist der Burggraf oft hier?"

Die geschwätzige Frau rupfte an der speckigen Gänsebrust, daß die Federn nur so flogen.

„Er kommt des öfteren herüber. Hat ja sonst zur Aufsicht seinen Vogt hier und seinen Schwager, den Berken von der Duba."

Stahlhart wurden jetzt die Augen des Mönches. Es war gut, daß sie so tief in ihren Höhlen lagen, daß man den blutigen Haß nicht sah, der wie ein Werwolf an der Kette lauerte.

„Den Berken von der Duba? Wie – wie heißt der?" Seine Hände zitterten, als er das fragte.

Der Knecht blies den Ruß von seiner linken Handfläche. „Nikolaus. Er ist viel krank bei der Kälte und oft schlecht gelaunt. Jetzt trinkt er oben mit dem Burgvogt und seinem Neffen."

Die Frau nickte und schlug klatschend auf die Gänsebrust. „Sind saubere Herren, die Neffen, aber teufelswild. Fangen mit jedermann Streit an. Soll ihnen bald das ganze Elbtal gehören."

Die Magd polterte die Stiege von oben herunter, ein Brett mit leeren Humpen in den derben Fäusten.

Die alte Frau humpelte an den Herd und füllte der Jungen eine Schüssel mit heißem Brei. „Da, Mogal, trag's dem Torwärter hinüber. Aber gib acht im Hof, daß du nicht fällst, es ist dunkel."

Das Mädchen mit den schwarzen, blanken Augen und den festen Armen fuhr zurück. Das rote Kopftuch hing ihr wirr in die Stirn. Sie bekreuzigte sich. „Niemals, Trud, da geht es um. Der Torwärter hat ihn letzte Nacht gesehen – den Mann in Erz." Sie war bleich geworden und sprach im Flüsterton.

„Ist ja gut, Mogal, daran habe ich nicht gedacht. So bringt ein Mann das Essen hinüber." Sie sah auf die beiden Knechte; die taten, als hätten sie nichts gehört. „Mannsleut, heda! Einer trage dem Torwärter sein Essen hin. Sonst könnte er mir böse werden, und dann bekommt's die arme Trud mit einem grimmigen Bär zu schaffen."

Murrend erhob sich der Knecht am Spieß und nahm die Schüssel. Dabei schlug er ein Kreuz und sah scheu in die dunklen Ecken hinter sich. Dann trat er zögernd zu dem Mönch. „Frommer Pater, weil jedes heilige Gewand die Geister vertreibt, begleitet mich ein Stücklein. Es ist fast Nacht in dem Torweg."

Der Mönch krauste die Stirn. „Was soll der Unsinn? Wer ist der Mann in Erz, vor dem ihr zittert wie kleine Kinder?"

Wieder sah sich der Knecht um und schlug ein Kreuz. „Niemand weiß es, frommer Pater. Ein Spuk, den der Böse dem Rathen zur Plage geschickt hat. Ihr müßt ihn bannen zu der heiligen Weihnacht, mit geistlichem Bannfluch."

Die alte Frau war jetzt wieder näher gekommen. Sie hielt eine Hand vor den Mund, als fürchte sie sich, laut zu sprechen. „Er kommt selten, der Mann in Erz. Wenn er aber kommt, folgt ihm ein Unglück. Der Torwärter hat ihn letzte Nacht gesehen. Heilige Jungfrau, bet für uns!"

Da stand der Mönch auf. „Nimm die Suppe Mann, daß der Torwärter nicht hungern muß. Ich gehe mit."

So schritten die zwei zum Außentor durch den Schnee, der unter ihren Füßen leise knirschte. Geduckt und scheu ging der Knecht, sich nach allen Seiten umschauend. Aufrecht und straff schritt der Mönch, die schmalen Lippen zusammengepreßt.

Vom Saal oben fielen helle Lichtflecke auf den Schnee. An den Mauern aber ringsum und an den Stallungen stand schwarz und undurchsichtig die Nacht.

*

2

Es war am nächsten Tage.
Die Sonne war noch nicht aufgegangen. Der Sturm hatte sich über Nacht ausgetobt und war einem scharfen, klaren Frost gewichen. Noch standen die letzten blassen Sterne am Himmel, müde in das Grau des dämmernden Weihnachtsmorgens blinzelnd. Im Elbwasser knirschten die Eisschollen nordwärts, Krähenschwärme flogen krächzend aus den Tannen, nach einem Futter spähend.

An einem der schmalen, vergitterten Turmfenster der Burg Rathen stand der hagere Mönch, dem man gestern hier Obdach gewährt hatte, damit er heute nacht in der Kapelle die Messe läse. Seine Zähne schlugen im frostigen Wintermorgengrauen aufeinander. Aber es war nicht vor Kälte. Er war die Kälte gewöhnt. Wenn auch in der Turmkammer das Wasser im Krug gefroren war und der Wind ganze Hände voll Schnee durch die eisernen Gitterstäbe auf den Steinboden geschleudert hatte. Viele Stunden lang hatte der Mönch wachgelegen, dem Sturm lauschend, der um die Mauern sprang und sie mit Schnee bepeitschte. Dem Mönch war es kein unheimliches Tosen gewesen – lieb und mild hatte es ihm geklungen, wie ein heimatliches Wiegenlied. Erst lange nach Mitternacht, als der Sturm sich legte, schlief auch der Mönch auf seinem harten Lager ein.

Und jetzt stand er am schmalen Fenster und wartete, daß drüben im Osten die Sonne aufginge. Er sah heute anders aus als am Tage zuvor. Es lag etwas Herbes, Frostiges in seinem Gesicht. Ja, fast etwas wie Übermut.

Da sah er unten am Elbufer entlang mit Knotenstock und Kapuze eine Gestalt kommen. Sie kam von Süden, wo das große Kloster bei Schandau war. Rasch lief der Mönch die Stiegen hinab über den Burghof und die Brücke vorm Außentor. Hier verlangsamte er seinen Schritt. Scharf hob sich jetzt aus dem Dämmerlicht die andere Gestalt. Zwei Mönche standen sich gegenüber.

Der vom Rathen hob den Kopf. „Ihr wollt zur Burg, frommer Bruder?"

Der andere nickte und hüllte sich fröstelnd in seine Kutte. „Lese alle Weihnacht dort die Messe, bin heuer verspätet. Und wo kommt Ihr her?"

Der vom Rathen krauste die Stirn. „Kam vor einigen Tagen des Weges hier, da hielt man mich an, weil eine große Seuche auf der Burg ausgebrochen ist. Sollte den Sterbenden Zuspruch tun und –"

Der andere hob erschrocken die Hand und unterbrach ihn jäh. „Seuche? Sterben? Bei der heiligen Jungfrau! Davon hat mein Kloster nichts gewußt, sonst hätte man mich nicht hergeschickt. Wo Ihr jetzt die Burg versorgt, ist's wohl nicht nötig, daß ich die Messe halte. An einem Priester ist's genug, meine ich. So kann ich wohl wieder heim ins Kloster. Ist Eure Meinung auch so, Bruder in Christo?"

„Auch meine Meinung ist dies, Bruder. Ein Priester ist genug. Geht heim zu Eurem Kloster, und die Heiligen seien mit Euch!" Er wollte dem andern die Hand hinstrecken, aber der nahm sie nicht – aus Furcht vor der Seuche. Er riß den Rosenkranz an seine Lippen, drehte sich um und stolperte den Weg zurück, den er gekommen war.

Der vom Rathen sah ihm nach. Hohn lag um seine Lippen. „Hätte Euch jetzt auch nicht gebrauchen können, zittriger Kuttenträger. Hab noch ein wenig allein zu tun auf dem Rathen." Da wandte auch er sich und ging zurück.

Auf dem Burghof kam ihm die alte Magd entgegen, seinen Kuttensaum küssend. „Der Burgvogt und die Berken fragen nach Euch, frommer Pater. Ihr sollt das Frühstück mit ihnen im Saal einnehmen."

Er schrak ein wenig zusammen und nickte. „Gut. Will nur erst noch in meine Kammer hinauf."

In der weißgetünchten Turmzelle holte er eine Glasscherbe unter seiner Kutte hervor. Darin spiegelte er prüfend sein Antlitz. Dann schüttelte er murmelnd den Kopf: „Keiner kennt mich mehr. Trug nicht der Ratimer von damals langen Bart und langes Haupthaar? Und hat nicht die Narbe hier über Stirn und Nase mein Antlitz verstellt? Ich ziehe die Mönchskapuze tiefer ins Gesicht und habe Mut."

Wieder ging er die Stiege hinab zum Saal, wo mächtige Tannenscheite im Kamin schwelten. Dort saßen im Frühlicht am plumpen Holztisch drei Männer. Sie löffelten aus irdenen Schüsseln heißen Morgenbrei.

Der Mönch schlug ein Kreuz und sprach den Segen. Dann setzte er sich bescheiden ans untere Ende der Tafel. Die drei anderen nahmen wenig Notiz von ihm. Sie waren zu sehr in ihr Gespräch vertieft. Am oberen Tischende nahe dem Kamin saß Nikolaus Berka von der Duba. Ein dunkelroter Mantel war mit Pelz verziert. Er hatte ihn trotz der Nähe des Kamins über den Leibrock geworfen. Sein linkes Bein war dick umwickelt und lag erhöht auf einem Schemel. Ihn plagte das Zipperlein. Sein großer, grauer Bart hing ihm in langen Zotteln über die breite Brust. Haarlos und blank wie die Eisschollen im Elbwasser war sein Haupt. Seine Augen blickten wässrig und trübe, sie hatten wohl zu oft in den Weinkrug geschaut. Er war der Schwager des Burggrafen vom Steine und hatte vor Zeiten auch sein Raubnest in den Felsen oberhalb der Elbe nach Böhmen besessen. Das hatten ihm Nachbarn in einer Fehde genommen. Jetzt lebte er von der Gnade seines Schwagers, der ihm auf dem Rathen ein Unterkommen gewährte, wo er mit Saufen und Würfelspiel dem Vogt die langen Winterabende verkürzte. Wratislav, der Vogt, mit ungepflegtem Gewand und schmutzigem Aussehen, saß neben ihm und schlürfte an seinem Holzlöffel, daß die Mehlsuppe an seinen langen Bartenden wie Eiszapfen triefte. Dem Vogt gegenüber, an der anderen Seite des Berken, saß der junge Benesch Duba, Neffe des alten. Über sein blaues Tuchwams huschten jetzt die ersten Strahlen der Morgensonne durchs schmale Fenster, an dessen Gitterstäben der Rauhreif wie weiße Bartzotteln hing. So saßen die drei Männer in ihren bunten, böhmischen Gewändern in der eigentümlichen Beleuchtung der blassen Wintersonne und der rötlichen Flammen, die aus den Kienscheiten sprangen.

Der Junge im kornblumenblauen Wams stütze den Kopf in die Hände und nagte die starke Unterlippe. „Bei König Ottokars Tod! Meint Ihr, Ohm, mir gefiele das Herumliegen hier länger? Fehde will ich! Fehde brauch ich! Sonst sterb ich. So nichts zum Beißen und Brechen haben, nur von der Gnade anderer leben – pfui Teufel! Dazu sind wir Berken von der Duba zu schade. Ein Geschlecht wie unseres könnte den ganzen Gau hier beherrschen."

Der Ohm griff an sein krankes Bein. „Geschlecht wie unsers? Du träumst wohl, Söhnchen! Werden's nicht mehr erleben. Heuer sind die Berken von der Duba nur gelittene Gäste beim Burggrafen vom Steine."

Die schwarzen Augen des Jungen blitzten. „Heuer ja – aber es kann anders kommen. Berkisch Blut ist heiß, das schreit nach Taten!"

Der Alte strich mit seiner runzligen Hand über das verbundene Bein. „Taten? Wo gibt's die, he? Ja, damals, als ich noch jung war. Aber jetzt?"

Der Junge pfiff durch die Zähne. „Du hast recht, Ohm. Kaiser Rudolf ist alt. Aber dann, wenn sie einen neuen küren, gibt's allemal Streit. In Herzog Albrecht brennt der Jähzorn, wenn sie einen anderen küren als ihn, den Sohn, nach des großen Vaters Tode. Sein eigener Schwager, König Wenzel, ist ihm feind; unzufrieden der steirische Adel."

Er stand auf und stocherte mit der Eisenstange in den Holzkloben im Kamin, daß die Scheite krachten und ein Funkenregen stob.

„Kalte Weihnacht heuer!"

Und Nikolaus hüllte sich fröstelnd in seinen Mantel.

„Kommt mein gestrenger Schwager, der Burggraf, schon? Und seine dunkelhaarige Tochter?"

Der Vogt kaute an seinen Bartenden und schüttelte den Kopf.

„Die Sonne steht noch tief, Nikolaus. Die dunkelhaarige Jadwig schläft gern länger. Bis zur Messe ist's ja noch Zeit."

Bei dem Wort Messe schien ihnen der Mönch am unteren Tischende einzufallen. Der hatte seine Suppe ausgegessen und starrte aus dunklen Augen vor sich hin.

Der junge Duba schlug mit der eisernen Feuerzange auf den Tisch.

„Heda, Pater, warum so schweigsam? Was gibt's Neues im Kloster?"

Der Mönch zuckte die Achseln.

„Neues, junger Herr? Rosenkranzbeten und Geißelschwingen den ganzen Tag."

Hell lachten die beiden Berken jetzt auf.

„O, ihr fuchslistigen Mönche! Wir kennen das. Niemand hat besseren Wein im Keller als euer Abt. Keiner fettere Karpfen und saftigeres Wildbret. Ihr schaut freilich nach magerer Kost aus. Wie ein Würfelbecher so tief liegen Eure Wangen zwischen den Knochen."

Der Mönch nickte.

„War lange krank. Aber gebt mir noch einen Teller Suppe. Es ist kalt."

Er löffelte sie langsam, den Kopf tief gesenkt. Dann fuhren sie plötzlich alle auf. Pferdegetrappel war auf der Zugbrücke hörbar.

„Doch schon der Burggraf zu so früher Stunde?"

Der Vogt und der junge Duba polterten die Stiege hinunter. Der Alte konnte sich seines Zipperleins wegen nicht rühren. Der Mönch war an das schmale vergitterte Fenster getreten und sah in den Hof, wo jetzt der Burggraf vom Steine von seinem Rappen sprang. Er war von hagerer, sehniger Gestalt. An seinen und seiner Männer Bartenden hing weißer Rauhreif. Scharf und hart waren seine Augen, fest und schmal seine Lippen. Er gab dem Vogt und dem jungen Duba die Hand zum Gruß. Dann drehte er sich um und half seiner Tochter vom Falben. Schwer hingen die schwarzen Zöpfe über das blaue Tuch ihres Mantels herab. Mehr konnte man vom oberen Saalfenster aus nicht erkennen.

Da entstand ein Getümmel und Schreien hinten bei den letzten Männern an der Zugbrücke. Der Burggraf, der gerade in die Stallung den Pferden nachgehen wollte, drehte den Kopf.

„Könnt ihr denn nicht Ruhe halten, böhmisches Volk? Was gibt's wieder?"

Von hinten über die Zugbrücke brachten zwei Böhmen einen gefesselten Mann. Sie stießen ihn mit rohen Schimpfworten vor den Grafen.

„Den fingen wir im Wald ab, Herr. Schaut nach, ob es nicht der Ratimer ist."

Der Graf schaute dem Gefesselten ins Antlitz. Dem hingen die Haare wirr ins Gesicht. das entstellt war von Narben und Wunden. Der Graf vom Steine zuckte die Achseln.

„Ich kann's so nicht erkennen, ihr müßt ihn erst ordentlich säubern und waschen. Sind schon zuviel Jahre her, seit ich den Ratimer zuletzt sah. Sperrt ihn solange ins Verlies."

Der Gefesselte winselte und sank vor dem strengen Grafen in die Knie. Vom Pferdestall her, wo sie bis dahin schweigend gestanden war, kam jetzt des Burggrafen Tochter. Sie hob den rechten Arm, der die Peitsche trug, und wies auf den Knienden.

„Das ist nicht der Ratimer, Vater. Laß ihn laufen."
Der Vogt, der dabeistand, hob ängstlich den Kopf.
„Wißt Ihr das so genau, Jadwig?"
Etwas wie Spott sprang um ihre Lippen.
„Das weiß ich genau, Wratislav. Denn ich habe Ratimer gekannt."
Der Vogt nickte eifrig.
„Wir auch, Jadwig - wir auch. Aber lange Jahre verändern viel."
Sie würdigte den Vogt keiner Antwort und trat auf den Vater zu.
„Ich wundere mich über dich, Vater, über euch alle. Sieh dir die Jammergestalt dort an im Schnee. Und dann sage mir, du - und ihr anderen alle: Saht ihr jemals den Ratimer knien?"
Und dann sprach sie gebietend zu den Leuten: „Schneidet ihm die Fesseln durch und laßt ihn laufen, die ihr aus Angst vor **einem** Ratimer hundert Wegelagerer hängt."
Sie sahen scheu auf den Burggrafen, aber der sagte nichts mehr. Er nickte nur seiner Tochter zu und brummte: „Kannst schon recht haben, Jadwig."
Dann schritt er mit ihr in die Burg. Den Gefangenen band man los und ließ ihn laufen.
In der Frauenkammer half die alte Magd Jadwig die schneenassen Schuhe auszuziehen. Dabei schwatzte sie emsig von diesem und jenem. Des Burggrafen Tochter saß schweigend in dem hohen geschnitzten Stuhl und hörte zu. Sie hatte das Haupt mit den dunklen Flechten an die Stuhlwand zurückgelehnt. Ein müder, stolzer Zug lag um ihre Lippen. Sie hatte etwas Herrisches, und man gehorchte ihr ohne Widerspruch. Ein Jahr lang war sie die Frau eines böhmi-

schen Edlen gewesen. Die alte Magd hatte den Tag nicht vergessen, als Jadwig mit dem finsteren Böhmen davonzog, auf Befehl des Vaters. Ein lachendes, wildes, übermütiges Kind. Nach Jahresfrist war sie heimgekehrt als Witwe, eine ernste Frau mit festverschlossenen Lippen, die nie sagen würden, was sie gelitten hatten.

Die Sonne war höher gestiegen und malte leuchtende Ringe auf die weiße Kalkwand der Kammer. Die alte Magd erhob sich keuchend von den Knien, als sie der Herrin das Schuhwerk gewechselt hatte.

„Der Pater ist auch schon da, um heute Nacht die Messe zu lesen. Aber ich muß flugs hinunter in die Küche, Herrin, damit mir der Festkuchen nicht verbrennt."

Jadwig hob den Kopf.

„Sage dem Pater, ich will vor der Messe beichten. Der Knecht soll dir die Wachskerzen aus meinem Pferdesack für den Altar geben."

Damit stand sie auf und ging die Treppe hinunter zu den Männern in den Saal.

Von der Burgmauer her kam der Mönch. Er hatte einen Pergamentstreifen und einen Stift in der Hand. Seine scharfen Augen, die unter den dichten Brauen lagen, waren überall. Auf dem Pergament standen Striche und Zahlen gekritzelt. Es sah fast aus, als nähmen seine Augen an jedem Balken Maß. Jetzt kam er zur Zugbrücke. Da lief ihm die alte Magd humpelnd über den Schnee nach.

„Frommer Pater, ich soll Euch von Jadwig ausrichten, daß sie vor der Messe noch bei Euch beichten will."

Dann, neugierig näher kommend: „Was tut Ihr

denn hier mit dem Pergament? Sprüche aufschreiben?"

Er nickte gleichgültig. „Freilich, gute Frau, Sprüche aufschreiben. Bestellt Jadwig, es wäre gut. Ich würde zur Stelle sein."

Damit ließ er sie stehen und ging langsam über die Zugbrücke in den Wald. Er kam erst zurück, als es dämmerte.

Der Torwärter sah in erstaunt an.

„Was ist Euch denn begegnet, Pater? Ihr tragt ein blutiges Tuch um die Stirn? Habt Ihr Streit gehabt?"

Der Mönch schüttelte den Kopf.

„Ich bin in den Felsen gefallen, da wollte das Blut nicht aufhören zu fließen. Eure Frau kann es mir noch einmal besser verbinden."

Er ging über den Burghof zurück. Das dunkle Tuch lag breit über der Stirn und dem linken Auge, so daß es sein Antlitz fast bedeckte.

Über dem Elbtal stand die heilige Weihnacht. Wundersam leuchtend hingen die Sterne wie ewige Lampen am Firmament. Über die dunklen Tannen im Tal stieg weiß der Vollmond. Es war kalt. Der Schnee stöhnte und knirschte unter den Schritten der Männer, die quer über den Burghof zur Kapelle gingen.

Auf dem Altar brannten die hohen Wachslichter. Matten, rötlichen Schein warf die ewige Lampe auf die Steinfliesen. Dunkel lagen die feuchten Wände im Hintergrund, denn das matte Licht reichte nicht weit.

Vorm Beichtstuhl kniete Jadwig im blauen Mantel. Hinter dem Gitter saß der Mönch mit der verbundenen Stirn. Es war sonst noch niemand in der Kapelle.

Sie war hier eine andere als draußen auf dem Hof bei den Männern. Ihr Gesicht war weiß, und ihre Augen groß und dunkel. Sie kniete mit gefalteten Händen, das Haupt tief gesenkt. In halblautem Flüstern kam es von ihren Lippen.

Sie sah den Mönch nicht, auch nicht sein stählernes Auge hinter dem Gitter. Denn es war dunkel im Beichtstuhl, vor dem sie kniete. Aber er sah sie. Und er neigte sein Ohr ihrem Flüstern.

„Strafe mich nicht darum, heilige Mutter Gottes, daß ich die Tochter des Mannes bin, der einen andern um die Heimat gebracht hat. Ich habe doch schuld daran, daß Ratimer vom Rathen fliehen mußte."

Ihr Atem ging schwer. Der Mönch rührte sich nicht.

„Alle Weihnacht beichte ich dir das, o du Hochgelobter, seit Ratimer in der Fremde ist."

Sie holte tief Atem.

Da sagte der Mönch mit heiserer, kaum hörbarer Stimme: „Und was tatest du, meine Tochter, das Ratimer zu Fall brachte?"

Sie wurde noch einen Schein weißer und sah sich einen Augenblick scheu um.

„Als mein Vater wegen der Grenze Streit mit Ratimer hatte und der Streit immer ärger wurde, daß wir mit unseren Männern gegen die Burg gingen und sie belagerten, traf ich Ratimer bei der Jagd im Walde. Es war im Herbst, als die Hirsche schrien. Er sah elend aus und bat mich, bei meinem Vater ein gutes Wort für ihn einzulegen, daß man sich einigen solle und er die Belagerung aufhöbe. Ich lachte und rief übermütig: ‚Ja, Herr Ratimer, ich will's tun, wenn Ihr mich auf den

Knien darum bittet.' Da wurde er zornig. ,Ratimer hat noch nie vor einem Weibe gekniet,' rief er – ,wir kämpfen weiter.' – So schritt er fort. Aber in mir kochte es. Ich war jung und stolz und gewöhnt, daß man mir gehorchte. Voll Zorn kam ich heim zu meinem Vater, der alles tat, was ich wollte. Zu immer neuem Sturm gegen die Burg reizte ich ihn, bis der Rathen fiel. Ich wollte den Ratimer vor mir auf den Knien sehen." –

Wie aus weiter Ferne klang jetzt die heisere Stimme des Mönches dazwischen: „Gelang Euch das?"

Sie preßte die Zähne zusammen.

„Nie."

„Und Ratimer?"

„Niemand konnte ihn fangen. Vier Jahre schon suchen sie ihn jetzt."

„Warum das?"

„Er hat sich gegen den König von Böhmen gestellt. Hat ihm den Lehnseid versagt."

„Weil er ein Deutscher war und kein Böhme."

Der Mönch hatte es zornig hervorgestoßen.

Sie hob erstaunt den Kopf.

„Woher wißt Ihr das?"

„Die Leute erzählen es. Aber die Zeit eilt, meine Tochter. Es ist gleich Mitternacht. Bereust du deine Schuld?"

Sie fuhr zusammen bei dem strengen Ton des Beichtvaters. Sie hatte wohl einen Augenblick vergessen, weshalb sie hergekommen war. Jetzt beugte sie wieder demütig das Haupt. Ihr Murmeln wurde leiser.

Da erteilte er ihr Absolution. Und eine Pönitenz, über die sie staunte. Nämlich, daß sie heute die Messe nicht hören dürfe. Sie war darüber erschrocken, beugte sich aber willig dem Ausspruch. Denn sie war eine gehorsame Tochter der Kirche. Gesenkten Hauptes schritt sie aus der Kapelle, als es Mitternacht schlug. Der Mönch sah ihr nach.

„Hätte deine scharfen Augen nicht brauchen können beim Altarlicht, Jadwig. Es ist besser so. Wenn mich auch die Binde für andere unkenntlich macht."

Und er trat aus dem Dunkel des Beichtstuhls.

*

3

Steil hebt sich der Hockstein aus dem Polenztal, mit seinen jäh abstürzenden Wänden, wie ein trutziger Wächter. Auf diesem schier uneinnehmbaren Felsen, der nur durch vier schmale Bohlen, die eine Brücke darstellen, mit der Außenwelt verbunden ist, ragt die Burg Hockstein.

Als Ratimer vom Rathen in Zorn und Trotz dem Böhmenkönig die Lehnsabgaben verweigerte und dieser seinen Burggrafen Romuald Niemans vom Königstein gegen ihn entsandte, verlor Ratimer innerhalb eines Jahres den Rathen und den Hockstein. Persönlicher Haß des Burggrafen hatte mitgespielt. Denn sie lebten schon lange wegen Grenzstreitigkeiten in Fehde miteinander. Da wurde Ratimer im Namen des Königs des Landes verwiesen. So er dies Gebot überschritt, durfte ihn töten, wer ihn fand.

Es war ein Gerede unter den Leuten entstanden, daß ihn jemand bei Schandau gesehen hätte. Und weil der Burggraf Ratimers Trotz und Unbeugsamkeit wohl kannte, war ihn ein Unbehagen angekommen, und er hatte ein hohes Geld auf das Haupt des Geächteten gesetzt, im Namen des Königs. Man hatte manchen Wegelagerer und Landstreicher vor Herrn Romuald gebracht, der Gesuchte war nie darunter.

So beruhigte man sich allmählich. Der wilde Ratimer war gewiß lange tot, irgendeine zufällige Ähnlichkeit hatte das Volk geäfft. Und wenn es schließlich auch Wahrheit wäre. Was konnte einem der arme

Habenichts ohne Burg und Gesinde noch schaden? So legten sich Eifer und Angst bald, und alle Landstreicher konnten wieder etwas aufatmen, wenn sie durchs Elbtal wanderten.

Um den Hockstein pfiff der Januarsturm. Es war gefährlich, jetzt die vier Bohlen zu betreten, die über den schwindelnden Abgrund von Fels zu Fels führten, denn sie waren glatt von Schnee und Eis. Dazu hatte der Sturm den Tannenstamm niedergebrochen, der als Geländer dienen sollte.

Und doch schritt an einem dämmerigen Januarnachmittag ein Mann darüber hin. Er trug ein zerlumptes Wams und eine grüne Mütze mit langer Hahnenfeder. Über dem Rücken hing ihm eine Fiedel. Rot säumte die untergehende Wintersonne den westlichen Himmel. Ein wunderbares Leuchten kämpfte mit der Dämmerung, es war, als wüchsen Rosen rings im Schnee. Aber das war nur hier, hoch oben in der Höhe des Hocksteins. Tief unten lag das lange, schmale Tal schon in dunkelblauem Schatten. Und je tiefer die Sonne sank, desto höher krochen die Schatten. Mit langen, spitzen Fingern tasteten sie am Felsrand entlang bis zu den Tannenwäldern, die ihnen in ihrer Schwärze die Hand reichten.

Der wandernde Spielmann blieb einen Augenblick stehen, mitten auf den geländerlosen, eisverkrusteten Bohlen über dem klaffenden Abgrund. Kalt wehte der Wind aus der Tiefe. Ihn fröstelte. Dann hob er die Fiedel ans Kinn und spielte vor dem verschlossenen Burghof. Ein blonder Kinderkopf sah oben aus der Luke, und ein jauchzendes Stimmlein rief: „Ei, Vater, ein Spielmann!"

Das Schiebefenster öffnete sich weiter, und ein graubärtiger alter Mann zog das Kind beiseite.

„Heda, Spielmann, kommt von den Bohlen herunter. Das ist gefährlich. Unter Euch fiedelt der Tod."

Der Spielmann spielte ruhig sein Lied zu Ende. Dann zog er die Kappe.

„Habt Ihr eine Unterkunft für mich heute Nacht?" Der Alte winkte.

„Ei, freilich, du armes Wanderblut, komm herein."

Und knarrend schob sich der Balken vom Tor.

Mitleidig musterte der Pförtner den Spielmann, dem ein dichter, ungepflegter Bart im Gesicht wucherte, lange Haare waren ihm über die Stirn herabgekämmt, ein schmutziges Pflaster klebte über dem linken Auge.

Der Pförtner vom Hockstein schüttelte den Kopf.

„Kenn' sonst nur fahrende Spielleute im Frühjahr, nicht aber im kalten Winter. Kommt in die Stube, Mann, an den Herd."

Er führte ihn die Treppe hinauf in das kleine, dickwändige Turmgemach. Hier hantierte des Pförtners Frau am roten Kaminfeuer, trippelnd lief das blondlockige Kind an ihrer Seite. Man wies dem Fremdling einen Schemel und bat ihn, noch ein Lied zu spielen, bis die Suppe heiß sei. So saß er im Dunkel und spielte, während das kleine, blondhaarige Kind sich wiegend im Kreise drehte. Der Pförtner war wieder am Feuer niedergesessen, und putzte Schwert und Pickelhaube.

Jetzt legte der Spielmann die Geige auf die Knie.

„Was tut Ihr da, Mann? Steht ein Kampf bevor?"

Der Pförtner schüttelte den Kopf.

„Ein kluger Mann muß immer gerüstet sein."

Der Spielmann nickte.

„Man sagt so. Wie heißt die Burg hier?"

„Hockstein."

„Wem gehört sie?"

„Niemand."

Das sagte der Pförtner grimmig und stieß mit dem Schwert auf den Boden.

Der Fremde hatte die Kappe abgenommen und ließ mit seiner Hahnenfeder das Kind spielen.

„Niemand? Wie soll ich das verstehen?"

Der Alte zuckte die Achseln.

„Wie Ihr wollt, Fremdling. Vor vier Jahren hat sie der Herr Ratimer besessen, dessen Vorfahren schon mein Vater und Großvater hörig waren. Den hat man verjagt. Nun gehört sie niemand."

Der Spielmann lachte.

„Muß doch einer den Ratimer verjagt haben, dem sie nun zu eigen ist."

Der Pförtner prüfte die Schneide seines Schwertes mit dem braunen Finger. Dann pfiff er durch die Zähne.

„Was wollt Ihr? Der Burggraf vom Steine hat sie im Namen des Königs von Böhmen mit seinen Männern belegt. Gehört sie ihm darum zu eigen?"

Der Spielmann legte den Kopf zur Seite, wie einer, der nachdenkt.

„Ich weiß nicht. Aber wo ist der Ratimer nun?"

Wieder zuckte der Alte die Achseln. Dann sagte er leise, traurig: „Im Fremdland."

Der Spielmann fuhr dem Kind mit der Hahnenfeder an die Nase, daß es nieste und lachte.

„Warum kommt er denn nicht heim?"

Der Alte legte sein Schwert quer über die Knie und faltete die Hände darüber.

„Kann er denn? Hetzen sie ihn nicht wie einen tollen Hund von Land zu Land?"

Der Spielmann spuckte aus.

„Ist ihm wohl recht geschehen, wenn er gegen den König ungehorsam war."

Der Alte stieß sein Schwert auf den Boden, daß es klirrte.

„Schweig, du Hund. Was weißt du von meinem Herrn?"

Der Spielmann lachte.

„Nur, was man unterwegs hier und da hört. Daß er ein Wüster und Toller war."

Der Alte zischte.

„So lügen sie alle da draußen. Ich habe ihn gekannt. Wie er so groß war, habe ich ihn gekannt."

Er machte mit dem Arm eine wiegende Bewegung, als trüge er ein kleines Kind.

„Ich habe ihm Pfeile geschnitzt und ihn schießen gelehrt. Ich habe ihm sein erstes Roß gezäumt und seine erste Wunde verbunden. Er war nicht wüst und toll, der Ratimer. Er war nur stolz und trotzig. Wenn ihm einer zu nahe kam oder sein Recht angriff. Und sie haben ja alle auf ihn gehackt, die Herren ringsherum, weil er kein Böhme war."

Begütigend legte die Frau dem Alten die Hand auf die Schulter.

„Reg dich nicht auf, Vater. Der Ratimer wird lange tot sein."

„Du hast recht, Frau. Wenn der Ratimer noch lebte, wäre er wiedergekommen. Ihn hielten tausend Teufel nicht." - Tränen rannen ihm in den grauen Bart. - „Kein Wall war ihm zu hoch, kein Fels zu steil. Wäre nicht die Übermacht gewesen und der Hunger, sie hätten den Hockstein nie bekommen."

Der Spielmann wies mit der Hand nach der Richtung des Burghofes.

„Wieviel Männer hat der Burggraf hier?"

„Nicht viel. Es mögen zwanzig sein. Den Hockstein kann ein Kind verteidigen. Wenn man die Brücke bricht, kann niemand heran. Wäre Ratimer damals hier gewesen, statt auf dem Rathen, sie hätten ihm nichts anhaben können. Aber er war nicht hier."

Der Alte wischte sich die Augen mit dem Handrücken. Dann stellte er Schwert und Haube in die Ecke und begann seine Suppe zu löffeln. Desgleichen der Spielmann, dem die Frau auch einen Teller brachte.

Es war jetzt still zwischen ihnen, nur das Feuer im Herd knisterte, und die Katze auf der Erde schnurrte und rieb sich am Knie des Alten, um ein Häpplein bittend. Das Kind war auf dem Schoß der Mutter eingeschlafen.

Da stand der Pförtner auf, nahm einen riesigen Schlüsselbund und sagte: „Muß nun die Runde machen auf der Burg, bin bald zurück."

Der Spielmann schob seinen Teller beiseite.

„Laßt mich mitkommen, Alter."

So stiegen sie zusammen die Treppe hinunter in den Hof. Es war Abend geworden, als sie zurückkamen.

„Ihr werdet müde sein", sagte der Pförtner zu seinem Gast, „ich will Euch Euren Schlafraum zeigen."

Der Spielmann schüttelte den Kopf.

„Bin noch nicht müde. Wollen wir nicht noch schwätzen?"

Aber der Alte schüttelte unwirsch das Haupt.

„Wozu? Hier auf dem Hockstein wird früh zur Ruhe gegangen. Denn es heißt früh wieder heraus. Aber ihr fahrendes Volk kennt ja keinen ordentlichen Tageslauf. Kommt, hier geht's hinauf."

Und er klomm eine Leiter empor, die zum Bodenraum über der Pförtnerstube führte. Es roch nach Heu da oben.

„Hier habt Ihr noch eine Decke, damit Ihr nicht friert, und nun gute Nacht."

Der Spielmann war ihm nachgeklettert und sah sich in dem dunklen Raum um. Es war hier kein Fenster im Turm und die Luft stickig.

Aber er war dankbar um den warmen Unterschlupf für die Nacht, wickelte sich in seine Decke und legte sich ins Heu. Er mochte wohl zehn Minuten so gelegen haben, als der Alte noch einmal die Leiter heraufgeklettert kam. Das Herdfeuer warf einen matten Schein nach oben durch die Luke.

Der Alte beugte sich über ihn.

„Da, Gesell, damit Ihr nicht friert. Die Nacht wird kalt."

Und er reichte ihm einen Becher heißen Würzweins. Den schlürfte der Spielmann voll Behagen. Ha, wie das die Glieder wärmte! Aber auch eine bleierne Müdigkeit senkte sich plötzlich über ihn.

Im Halbschlaf hörte er den Alten die Falluke schließen und dann die Leiter fortziehen.

Warum er das wohl tat? Aber er war zu müde, um darüber nachdenken zu können. Er schlief ein. Unten trat der Pförtner leise zu seiner Frau.

„Der Fremde wird nichts merken heute Nacht, ich hab ihm ein Pulver in den Wein getan, das müde macht. Wenn er morgen seine Straße weiterzieht, weiß er nicht, was diese Nacht unter ihm geschehen ist. Laß die Glut nicht ausgehen im Herd, Frau. Wir brauchen Licht."

Es mochte gegen Mitternacht sein, als der Spielmann oben im Heu erwachte. Es war ihm dumpf im Kopf, er hatte geträumt, er höre das Murmeln vieler Stimmen. Jetzt war er wach und das Murmeln hörte doch nicht auf. Er kniff sich ins Ohr, um zu wissen, ob er noch schlafe. Dann lauschte er angestrengt. Unter ihm war das Murmeln – ganz sicher! Und manchmal auch dazwischen das Klirren wie von Waffen. Aber alles gedämpft, unterdrückt. Er schob seinen Oberkörper leise zur Luke, die mit einer Falltür verschlossen war. Aber es gab breite Ritzen dazwischen. Da legte er sich lang hin und sah durch die Spalten, was da unten vorging.

Um das neu entfachte Herdfeuer saßen und standen im Halbkreis an die zehn Männer. Sie trugen Waffen, manche sogar mehrere, die sie dem alten Pförtner zur Prüfung zeigten. Deutlich hörte der Spielmann des Alten Stimme.

„Männer, eure Waffen sind gut und in Ordnung. Jeden Monat um dieselbe Nachtstunde zeigt ihr sie mir wieder. Nichts darf rosten, bis Herr Ratimer heimkommt. Männer, wir sind allein und herrenlos. Der Böhme ist uns nicht Herr. Laßt euch nichts anmerken vor den Böhmen hier im Hockstein, sonst werden die Wachen verstärkt und der Burggraf gibt uns noch mehr Böhmen herein. Das darf nicht sein. Schwört, daß ihr dem Ratimer treu bleibt, bis er kommt."

Die Männer hoben die Schwurhand. Roten Schein warf das Herdfeuer auf ihre ernsten, vernarbten Gesichter. An der Wand stand der Pförtner mit bloßem Schwert. Das hielt er ihnen hin. Jeder einzelne trat vor und legte seine Schwurfinger auf die Schneide. Im Chor klang es wie fernes Donnergrollen: „Bei Gott und der heiligen Jungfrau schwören wir Treue Ratimer, unserem Herrn."

Als jeder das Schwert berührt hatte, fragte einer: „Und wann kommt Herr Ratimer zurück?"

Der Alte wiegte das Haupt.

„Wer kann es wissen? Vielleicht bald, vielleicht dauert es noch Jahre. Aber er kommt. Ihr dürft nur nicht die Geduld verlieren. Und murrt nicht, und seid dem Böhmen untertan, damit er keinen Verdacht schöpft. Noch sind wir zu schwach, noch können wir nichts tun. Wenn aber Herr Ratimer zurückkommt, dann wird er Hilfe bringen."

Die braunen Hände des Alten zitterten, als er das sagte. Fester umklammerten sie den Schwertknauf.

Ach, über vier Jahre schon hatte er so die Männer vertröstet. Lebte Herr Ratimer denn wirklich noch?

Da wurden plötzlich mit einem Krach die Holzbretter von den Luken gestoßen.

Erschrocken sahen sie alle nach oben. Da erschienen erst zwei lange Beine in geflickten Hosen, dann ein Wams und ein struppiger Kopf. Mitten in ihren Kreis sprang der fahrende Spielmann, daß die Geige auf seinem Rücken tanzte. Ehe die Männer sich noch besinnen konnten, hatte er die Fiedel ans Kinn gerissen.

„Ich will euch ein Lied singen vom Ratimer, dem Geächteten!"

Er sagte es keuchend und fuhr sich über die Stirn.

Und während die Männer um ihn schweigend standen, auf ihre Schwerter gestützt, lehnte er sich an die Herdwand und sang:

„Ruhelos Ratimer reitet im Fremdland,
Heim seine Seele zum Heimatgau lechzt,
Aber um Rathens und Hocksteiner Zinnen
Heiser der böhmische Rabe krächzt.

Traf wohl Herr Ratimer fern einen Spielmann,
,Spielmann, zieh heim, wo das Elbwasser schäumt.
Schau, ob die Burgen mir beide noch ragen,
Wo alle Sehnsucht der Seele mir träumt.

Schau, ob die Mannen, die Treu mir geschworen,
Heut dem Geächteten treu noch sind,
Bis er aus Fremdlands verschlungenen Pfaden
Endlich den Weg in die Heimat find't'!"

Mit leiser, fragender Stimme hatte der Fremde gesungen. Immer näher waren die Männer gerückt. Gierig hingen all die funkelnden Augen an seinen Lippen. Als er fertig war, stürmten sie auf ihn ein: „Du - du weißt wo er ist? Herr Ratimer lebt! Herr Ratimer denkt an uns! Sag, Fremdling, wo ist Ratimer?"

Zitternde Fäuste wollten ihn packen. Fragende Augen durchbohrten ihn. Aber sie fuhren jäh zurück. Der Spielmann hatte sich losgerissen. Frei und stolz stand er vor ihnen. Seine Brust keuchte. Mit einem einzigen Griff riß er Bart, Haupthaar und Pflaster vom Gesicht. Zwei flammende Augen trafen wie Schwerterblitzen die Männer.

„Herr Ratimer!"

Der alte Pförtner hatte es geschrien. Dann taumelte er. Vorwärts tastete er und kniete vor dem Geächteten nieder, sein geflicktes Wams küssend. Die Männer erschauerten. Es ging ein Zittern durch ihre Reihen. Dann knieten sie alle lautlos nieder.

Da begann Ratimer zu sprechen.

„Männer! O ihr Treuen! Wann ich komme, fragt ihr? Männer, Kampfgenossen, Brüder – da bin ich ja! Bin mitten unter euch!"

Er streckte ihnen die Hände hin, die sie an die Lippen zogen.

„Und du, guter Alter" – er hob den Pförtner vom Boden – „der du heimlich bei Nacht Schwerter prüfst für deinen Herrn, hab Dank!"

Er küßte ihn auf die Stirn.

„Aber nun, Männer, hört mich an, denn ich habe euch viel zu sagen. Setzt euch, wo Platz ist. Wir haben nicht mehr viel Zeit."

Sie folgten seinem Gebot und setzten sich klirrend auf Tische, Schemel und Diele. Bartus, der alte Pförtner, kauerte sich dicht zu Füßen seines Herrn, der aufrecht am Herd stehenblieb. Ein stolzes Lächeln ging um sein Gesicht, als er sie alle so andächtig dasitzen sah.

„Seid ihr denn auch ganz sicher, daß es der Ratimer ist, der vor euch steht?"

Bartus ergriff seines Herrn herabhängende Hand und küßte sie.

„Herr, wir alle haben Euch gleich erkannt. An Euern Augen, Eurem Blick – an allem! Und dann – an der Stimme. Hätt' nie gedacht, daß Ihr Eure Stimme so verstellen könntet."

Herr Ratimer lachte auf, hart und bitter.

„Hab's wohl gemußt all die langen Jahre hindurch in der Fremde."

Aus dem Hintergrund kam eine tiefe Stimme.

„Seid Ihr schon lange im Land, Herr?"
Ratimer schüttelte den Kopf.
„Nicht sehr lange. Seit Weihnachten."
Der alte Pförtner zählte an seinen Fingern.
„Seit Weihnachten? Das ist ja fast schon einen Monat her. Wo seid Ihr denn solange gewesen, Herr?"
Ratimer wiegte den Kopf.
„Bald hier, bald da. Um auszuspähen, wie es stünde um meine Sache. Hab die heilige Weihnacht als Mönch auf dem Rathen gefeiert und dem Burggrafen die Messe gelesen. Bin dann weiter gewandert und hab in den Felsen in einer leeren Bärenhöhle gehaust, die mir von früher wohlbekannt war."
„Die an dem Totengang? Wo einem das Grausen den Rücken hinabläuft, wenn man sie von unten liegen sieht?"
Einer von den Männern hatte es entsetzt geschrien.
Ratimer nickte.
„Genau die. Sie ist zur Hälfte vollgestaut mit Waffen und Rüstzeug."
Ein Murmeln des Erstaunens ging durch die Schar.
„Mit Waffen? Mit Rüstzeug?"
„Ich habe einen Waffenbruder jenseits der Grenze. Jobst Warteke. Der schickt mir bei Nacht auf Geheimpfaden zwei Männer, die immer Waffen unter ihren Mänteln tragen. Das Rüstzeug lassen sie in meiner Höhle. Dann schleichen sie vor Morgengrauen wieder über die Grenze zurück. So geht das schon an die dreißig Nächte. Noch hat sie keiner aufgespürt."
Unter den Männern entstand eine Bewegung.
„Herr, und wann schlagen wir drein? Wann werfen wir die Böhmen aus dem Hockstein?"
Ratimer hob die Hand.

„Ruhig, Leute! Noch ist es nicht Zeit. Wenn der Tauwind über die Berge geht und das Eis im Strom schmilzt, dann kommt unsere Stunde. Dann kommt Jobst Warteke mit seinen Männern und steht mir bei. Bis dahin Geduld und Vorsicht. Und nun geht wieder auseinander, wie ihr gekommen seid, daß der Böhme nichts merkt."

Sie traten alle einzeln zu ihm heran und gaben ihm die Hand. Ein stolzes Leuchten stand in jedem Auge. Und jeder sprach glücklich, im Fortgehen, sein Schwert streichelnd: „Wenn der Tauwind weht!"

Dann knirschten sie die Treppe hinab in die Nacht.

Ratimer aber saß noch lange mit dem alten Bartus beim Herdfeuer beisammen. Von vergangenen Zeiten sprachen sie und von künftigen.

Vor dem Morgengrauen schritt der Spielmann mit der Fiedel auf dem Rücken wieder über die Bohlen in den Tannenwald zurück.

Als er jenseits auf der Höhe war, blieb er stehen und fiedelte ein Lied. Die verschlafenen Männer im Roßstall hoben lauschend den Kopf. Über ihre Gesichter sprang es wie ein verhaltenes Wetterleuchten.

Da ging überm Hockstein die Sonne auf.

*

4

Gurgelnd brach sich das Elbwasser an den schweren Holzplanken der Fähre, die unterhalb des Königsteins von zwei Knechten zum andern Ufer hinüber gerudert wurde.

Sie hatten heute schwere Arbeit, denn die Elbe führte Hochwasser. Oben im Böhmer Land schmolz der Schnee in den Bergen. Das schaffte viel Wasser im Tal. Die Männer legten sich in die Riemen, daß ihnen der Schweiß von der Stirne rann.

Neben ihrer Stute, die unruhig schnaubend in das gurgelnde Wasser sah, stand Jadwig, mit weichen Worten das geängstete Tier streichelnd und ermahnend. Hinter ihr stand der Knecht mit seinem Gaul, den die heutige Überfahrt weniger aufregte.

Jetzt stieß die Fähre ans Ufer. Die Stute hob den Kopf. Vorsichtig führte Jadwig sie ans Land. Dann half ihr der Knecht in den Sattel, und sie ritten langsam auf die Burg Rathen zu.

Jadwig atmete tief. Von Westen her kam ein weicher Wind, der nach Tau und Frühling roch. Hastige Wässerlein rieselten von den Bergen zur Elbe. Überall küßte die Sonne den Schnee von den Höhen. Nur im Tal zwischen den Felsen lag er noch, kroch aber verschämt in die engsten und dunkelsten Spalten, wo der Schatten am tiefsten war, denn er schämte sich seiner schmutzigen Farbe.

Jadwigs weiße Wangen waren heute frischer als

sonst. Der kommende Frühling pochte in ihren Adern und ließ das Blut schneller kreisen. Ihre Augen sahen weich und froh in die Weite, als hätte das schmelzende Eis alle Härte und Bitternis von ihr genommen. Der Märzwind fuhr kosend über ihr schwarzes Haar und raunte ihr sonnige Frühlingsweisen ins Ohr. Auf der Burg Rathen scheuerten, klopften und sonnten die Mägde die Winterpelze. Es war ein lautes Lachen und Lärmen im Hof. Den Sommer über waren der Burggraf und seine Tochter meist auf dem Rathen, seit er nicht mehr Herrn Ratimer gehörte.

Jadwig wandte den Kopf zum nachtrabenden Knecht.

„Sage Herrn Romuald und dem jungen Duba, wenn sie nach mir fragen sollten, daß ich noch ein wenig in den Wald reite. Vor Abend bin ich zurück."

Sie klopfte der Stute den Hals und trabte nach rechts in das Waldtal hinein. Wie sich der Bach zu ihren Füßen brausend abhastete, seine gelben Fluten in die Elbe zu stürzen. Geröll und Baumzweige führte das reißende Wasser mit sich. In den Kronen der Wettertannen über ihr geigte der Tauwind. Es kam Jadwig ein jubelndes Wohlsein an, wie lange nicht. Weich trat die Stute den feuchten Waldboden, wo das grüne Moos, der lästigen Schneedecke ledig, wohlig seine winzigen Ärmchen gen Himmel reckte und dehnte. Sie hob lauschend den Kopf. Klang das nicht hoch oben in der Luft wie der Schrei der Wildgänse, die nach Norden flogen?

Es war Jadwig, als sei sie wieder das wilde, übermütige Kind von damals, ehe sie mit dem ungeliebten Gatten fortziehen mußte. Damals war sie auch von früh bis spät durch die Wälder gestreift, in jeder Jahreszeit. Und die alte Trud hatte ihr von Nixen und Zwergen und Elfen erzählt, die in den Klüften und Tannen ringsum hausten. Das Kind Jadwig hatte an sie geglaubt, ebenso wie an die Mutter Gottes und an den Mann in Erz, der im Rathen umging. Das Kind Jadwig hatte mit den Blumen und Sternen Zwiesprache gehalten und hielt alles und jedes für seinen lieben Freund und Spielgenossen. Auch den jungen Böhmen, der dann auf den Königstein kam und um sie freite. Sie hatte zuerst dazu gelacht und dann geweint. Ihre goldene Freiheit war ihr lieber als das fremde, unbekannte Land der Ehe. Aber weil der Vater gerne den reichen Böhmen zum Schwiegersohn wollte, fügte sie sich.

Da erfuhr sie zum erstenmal in ihrem jungen Leben, daß es auch harte, alte, grausame Menschen geben kann. In ihrer Ehe erfuhr sie das so bitter, daß ihr jeder neue Tag zur Qual wurde und sie den Mann haßte, dem sie Frau sein mußte. Wäre er nicht nach einem Jahr an seinem ausschweifenden, zügellosen Leben gestorben, so wäre sie vor ihm geflohen. Nun kam sie als junge Witwe zum Vater zurück. Aber ihr Lachen und ihr Übermut kamen nicht wieder. Ihre Seele war zu tief verwundet worden, als daß sie sich so schnell wieder davon erholen konnte. Etwas Herbes, Verschlossenes hatte Jadwigs Seele bekommen, was das Kind nie gekannt hatte, und dieses Herbe, Stolze prägte sich auch in ihrem Antlitz aus — immer mehr, je älter sie wurde. Herr Romuald wollte gern, daß sie wieder heiratete — sie war ja erst vierundzwanzig Jahre alt. Aber sie hatte genug davon. So lebte sie den Winter über mit ihrem Vater auf dem Königstein, und im Sommer auf dem Rathen.

Das Pferd ging langsamer. Das Tal stieg unmerklich bergan. Enger schoben sich die Felsen auf beiden Seiten zusammen. Wie ein schneeweißer Funkenregen stäubte ein Wasserfall in die Tiefe. Noch lange hörte sie sein Brausen, als er schon weit hinter ihr lag.

Dann stutzte sie und beschattete die Augen mit der Hand, denn die Abendsonne blendete. Ging da nicht vor ihr im Tannendunkel ein Mönch? Sollte er sich verirrt haben? Denn das Kloster war doch weit entfernt. Sie sah es deutlich: die rotbraune Kutte, den haarigen Strick um die Lenden. Er ging von ihr fort, in derselben Richtung, die ihr Pferd hatte. - Dann - plötzlich - war er hinter einer Felsbiegung verschwunden. Sie setzte die Stute in Trab, um ihn zu warnen. Denn der Pfad, den er eingeschlagen hatte, war voll Gefahr. Es war bröckliger Felsenpfad, an steilen Hängen entlang, schlüpfrig vom rieselnden Schmelzwasser. Nur ganz Eingeweihte betraten ihn im trockenen Sommer. Der Mönch, der doch ein Fremder war, konnte dort verunglücken. Sie ritt schneller und rief mit hallender Simme dem andern nach.

Jetzt hatte sie den Felsvorsprung erreicht. Von dem Mönch aber war nichts mehr zu sehen. Sonderbar! Hier versperrten Felsen ringsum das Talende. Den einzigen Weg, den er nehmen konnte, war der gefährliche Wildpfad. Den überblickte sie aber deutlich von hier, wie er sich an der senkrechten Felswand als helles Band entlang zog. Kein lebendes Wesen war auf ihm zu erblicken. Und Höhlen zum Verbergen gab es hier nicht. Sie legte die Hand an den Mund und rief laut in die Felsen hinein. Nur das Echo gab Antwort, und aus der gähnenden Tiefe brachen die Abendnebel.

Sie schüttelte den Kopf. Sollte sie sich so geirrt haben? Das war unmöglich. Sie hatte ganz deutlich die rotbraune Kutte und den Strick gesehen, etwa zwanzig Schritt vor ihr.

Sie stieg vom Pferd, warf ihm die Zügel über den Hals und ließ es ein wenig im Moos naschen. Dann raffte sie ihr Kleid und stieg die ersten Stufen zum Wildpfad hinauf. Denn hier konnte ein Pferd nicht mehr weiter. Sie war wohl etwa zehn Minuten so vorwärtsgeklettert, um einen weiteren Ausblick zu haben, da hörte sie hinter sich, wie rasche Pferdehufe dumpf den Waldboden schlugen. Sie fuhr herum.

Da galoppierte ihre Stute die Talschlucht zurück. Auf ihrem Rücken saß der Mönch mit fliegender Kutte. Sie wurde blaß und hielt sich an der Felswand. Äffte sie ein Spuk?

Es brauchte eine Weile, bis sie sich gefaßt hatte. Aber ihre Knie zitterten noch. Jadwig war doch sonst eine mutige Frau. Aber dies verstand sie nicht. Langsam tastete sie sich den Felspfad wieder zurück. Aus der Tiefe stieg die Dämmerung und griff mit grauen Augen nach ihr. Jadwig faßte nach dem Messer in ihrem Gürtel. Zwei-, dreimal rief sie kosend den Namen ihres Pferdes. Aber es kam nicht zurück.

Da raffte Jadwig ihr Kleid zusammen und ging raschen Schrittes zum Rathen zurück.

Es wurde bereits dunkel, als sie dort ankam. Romuald saß mit den andern bei der Abendsuppe im Saal. Sie sahen alle erstaunt auf, als Jadwig eintrat. Romuald strich sich die Suppe aus dem Bart.

„Wo bist du nur so lange gewesen, Kind? Ich hatte Sorge um dich."

Jadwig setzte sich in den hohen geschnitzten Stuhl am oberen Tischende. Ihr Atem ging schwer.

„Vater, biete sofort etliche Knechte auf, daß sie nach einem Mönch fahnden. Ein Mönch in brauner Kutte hat mir meine Swanta entführt, als ich abgestiegen war."

Ein wildes Durcheinanderschreien und Fragen war die Antwort. –

Da erzählte sie den Männern ihr Erlebnis von Anfang bis zu Ende. Der junge Duba sprang auf, daß der Stuhl polternd zurückfiel.

„Bei König Wenzels Blut! So ein verruchter Pfaff! Gebt mir Knechte, Ohm, daß ich heut nacht noch den Wald absuche. Das darf nicht ungestraft bleiben."

Er polterte aufgeregt die Stiege hinab. Jadwig nagte sich die Lippen in ohnmächtigem Zorn.

„Und die Stute hört doch sonst stets, wenn ich sie rufe. Das Echo hat ‚Swanta' geantwortet, aber es kam nicht, mein treues Tier, mein treues Tier. Er muß eine harte Faust gehabt haben, der Verruchte!"

Gegen Mitternacht kamen die Suchenden zurück. Sie hatten in der ganzen Umgegend nichts gefunden. Morgen am hellen Tage wollten sie weiter spüren. Jetzt war es doch zwecklos im Dunkel. —

Jadwig stand noch lange oben an ihrem offenen Kammerfenster. Durch die Wettertannen und kahlen Baumäste brauste der Tauwind. Es war ein Stöhnen und Tosen in der Natur ringsum, als trieben Geister ihr Spiel. Alle Türen auf der Burg knarrten und knackten vom Zugwind. Wie ein großes gewaltiges

Vorwärtsdrängen quoll es aus der tauenden Erde. Klatschend schlug das über die Ufer getretene Elbwasser an den Burgwall. Wie große Schwärme wilder, wundersamer Vögel hasteten die Wolkenfetzen über den Himmel.

Jadwig stand und lauschte. Sie konnte heute nacht keine Ruhe finden. Klang es da nicht wie leises Klirren von Waffen? Sie spähte scharf hinaus in das Dunkel. Was für sonderbare Laute ihr dieser ächzende Tauwind vortäuschte.

Es war lange nach Mitternacht, als sie endlich ihr Licht löschte und zur Ruhe ging.

Sie waren am andern Morgen auf dem Rathen früh aufgestanden. Denn sie wollten ja nach dem Frühstück auf Mönchsjagd reiten.

Da kam die alte Magd in den Saal gestürzt.

„Jadwig, Eure Swanta grast draußen friedlich vorm Tor, einen großen Strauß junger Weidenkätzchen am Sattel."

Der alte Nikolaus Duba schlug lachend mit der Faust auf den Eichentisch.

„Hat sich das Mönchlein einen feinen Spaß gemacht, ha, ha!"

Jadwig wollte es nicht glauben, bis sie selber das Tier gestreichelt und liebkost hatte. Der junge Duba half ihr kopfschüttelnd, es in den Stall zu bringen.

„Verstehe einer die Pfaffen! Es ist doch nicht Fastnacht jetzt im März."

Als sie alle wieder oben beisammen am Frühstück saßen, sagte Romuald: „Ich reite nachher mit Wratislav auf den Hockstein. Kommst du mit, Jadwig?"

Sie nickte.

„Wenn Swanta nicht zu müde ist. Sie muß sich doch erst ausruhen nach ihrem sonderbaren Nachtritt."

Der junge Duba schob seinen leeren Teller beiseite.

„Was wollt Ihr da, Ohm?"

Romuald streckte die Beine von sich und gähnte.

„Viel will ich da, mein Sohn. Erst einmal nachschauen, ob alles in Ordnung ist auf dem Raubnest. Dann die Männer verstärken, weil ich bauen lassen will.

Der Vogt nickte.

„Der Hockstein ist eine gute Festung. Wenn der klug verteidigt wird, kommt keine Maus hinein."

Romuald kreuzte die Arme.

„Ich will die Brücke neu aufbauen lassen. Jetzt ist sie lebensgefährlich. Wie ein Schmuckkästchen soll der Hockstein werden. Und wenn meine Jadwig einmal wieder heiratet, bekommt sie ihn als Hochzeitsgeschenk.

Er sah blinzelnd zu seiner Tochter hinüber. Desgleichen der junge Duba. Aber der wurde dabei rot bis unter die Haarwurzeln.

Jadwig schob den schweren Eichenstuhl zurück und erhob sich. Ihre Stirn lag in Falten.

„Was soll das Reden, Vater? Du weißt, daß ich nicht wieder heirate."

Da kam es die Stiege herauf. Tastend — mühsam - röchelnd. Sie hörten es alle und hoben den Kopf. Und wurden blaß.

Da wurde die Tür aufgestoßen, über die Schwelle taumelte ein Hocksteiner Knecht, von der Stirn rann ihm das Blut.

Er griff nach einem Halt.

„Heute nacht ist Ratimer heimgekehrt. Heute nacht hat er den Hockstein genommen. Ich bin der einzige, der lebend entkam."

Es war totenstill im Saal. Draußen aber ging der Tauwind über die Berge.

*

5

Es war für Romuald Nimans, Burggrafen vom Steine, und die Berken von der Duba von großem Nachteil, daß der König von Böhmen gerade in Streitigkeiten mit Steiermark und dem Deutschen Reich verwickelt war. So brauchte er alle seine Leute alleine und konnte dem Königsteiner keine Hilfstruppen gegen den Hockstein senden. Ja, Romuald mußte dem König noch ein Fähnlein von seinen Männern senden, so daß ihm nur wenige zu persönlichen Kampfgelüsten blieben.

So fluchte und wetterte Romuald den ganzen Tag. Das hatte der Ratimer sicher vorausgesehen, er stand ja stets mit Böhmen in heimlicher Unterhandlung.

Was sollte er mit seinen wenigen Leuten gegen den Hockstein ausrichten? Der war sowieso schon durch seine Lage uneinnehmbar. Das einzige war, man mußte ihn aushungern.

Der König hatte ihm Hilfe versprochen, sobald er aus der Steiermark zurück sei. So lange mußte man warten. Dann aber wehe dir, Ratimer, trotziger!

Jedesmal, wenn er an ihn dachte, mußte Romuald die Fäuste ballen und mit den Zähnen knirschen. Er konnte den Tag nicht mehr erwarten, wo es mit Übermacht gegen den Hockstein ging.

Auf dem Rathen hatte er die meisten seiner Männer konzentriert. Man fürchtete von dem Übermütigen Ratimer auch einen Angriff auf diese Burg.

Aber es geschah nichts. Das Elbtal blieb in tiefem Frieden. Hüben und drüben war Stille, niemand wagte es, den andern anzugreifen. Wenn auch zwischen dem Hockstein und Rathen der Fehdehandschuh lag, so merkte man in diesen Frühlingswochen wenig davon. Nur heimlich war man voreinander auf der Hut, überall waren die Wachen verdoppelt. Kein Rathener wagte sich auf Hocksteiner Gebiet und umgekehrt. Es stand wie eine große Gewitterschwüle in der Luft, ehe der vernichtende Blitz aus den geballten Wetterwolken zuckt.

Sehnsüchtig schaute Romuald elbaufwärts, wann ihm der König sein Fähnlein sende. Dazwischen sah er auf dem Königstein nach dem Rechten, wie es sich für einen eifrigen Burggrafen gehört. Treulich half ihm seine Tochter dabei. Sie war bald hier, bald dort. Doch lieber auf dem Rathen als auf dem Königstein. Denn der Frühling war hier unten im Elbtal blühender und milder als dort oben auf dem rauhen Felsen.

So war allmählich unter Warten und Zurüsten der Mai nach Kursachsen gekommen.

Es grünte und blühte, wohin das Auge sah. Die dunklen Wettertannen waren fast verdeckt von dem zarten, lichtgrünen Schleier der zierlichen Birken. Von den Felsen hingen die blühenden Heckenrosen und verbargen schmeichelnd das rissige Grau. Auf dem weichen, grünen Rasenteppich, der das Elbufer wiesenartig säumte, da, wo die Felsen nicht bis hart ans Ufer traten, hütete Trud mit ängstlicher Sorgfalt ihre jungen, goldgelben Gänse. Dabei immer rückwärts schielend, ob sie sich auch nicht zu weit vom Rathen und den schützenden Wachen am Tor entferne. Aber es war so still und friedlich ringsum, da konnte man es schon wagen, den düsteren Burgfried einmal zu verlassen. Lachend und schwatzend wuschen zwei junge Mädchen am Elbwasser Wäsche. Auf dem grünen, gänseblumendurchwirkten Rasen lagen die bleichenden Leintücher. Schwalben schossen jauchzend durch die zitternde, blaue Luft.

Auf ihre Hellebarden gelehnt, standen die Wachen am Tor und gähnten. Die Frühlingsluft machte so müde.

Aus dem Dunkel des Torbogens trat Jadwig. Sie trug ein kurzes, dunkles Kleid, dazu den Hirschfänger im Gürtel und ein Hüfthorn an der Seite.

Sie blieb einen Augenblick stehen, als sie aus dem Torweg getreten war, und hielt die Hände über die Augen. Die Frühlingssonne blendete so. Die schwarzen Zöpfe hatte sie wie eine Krone aufgesteckt. Darauf eine Mütze gestülpt mit der Reiherfeder. Raschen Schrittes ging sie zum Elbwasser und sah stromauf. So tat sie alle Morgen, immer hoffend, daß ein Schiff vom König käme.

Wie das Wasser funkelte und glitzerte in der Sonne! Wie rot die Felsen da oben leuchteten im goldigen Morgenlicht. Trutzig spiegelte sich der Rathen in den Fluten.

Sie trat zu der alten Magd, die mit einem Haselzweig ihre Gänslein hütete.

„Wie schön es heute ist, Trud. Ich will noch ein wenig in den Wald, nach den Grenzwachen sehen. Der Vater kommt erst gegen Abend vom Königstein zurück."

Die alte Trud sah bewundernd ihrer Herrin in das schöne Gesicht. Die Frühlingssonne hatte Jadwig die Winterblässe von den Wangen geküßt. Ihre dunklen Augen blitzten vor Übermut wie in alten Zeiten.

Jadwig haßte des Winters Öde und das tägliche Einerlei auf dem düsteren Königstein. Sie lebte auf, wenn das Eis schmolz und es zum Rathen ging.

Die alte Trud wippte ängstlich mit ihrer Haselrute durch die Luft.

„Ihr dürft aber nicht allein gehen, Herrin. Das hat Herr Romuald verboten."

Jadwig lachte, daß die weißen Zähne blitzten.

„Brauchst dich nicht zu fürchten, Trud. Zwei Männer kommen mit."

Da traten auch schon zwei bewaffnete Männer aus dem Tor, die in wenigen Schritten Abstand folgten. Jadwig ging dem Hochwald zu, in das blühende Seitental hinein.

Grüngolden fielen die Sonnenlichter durch die zitternden Baumkronen auf das weiche Moos zu ihren Füßen. Eidechsen huschten durch die Brombeerranken und sonnten sich auf den Felssteinen am Bach. Vorsichtig lugten die schneckenförmigen Stiele der Farnkräuter aus dem vermodernden Herbstlaub. Irgendwo im Dickicht hämmerte ein Specht. Wie silbernes Singen klang das Rieseln des Baches durch die Stämme. Hier war nichts zu spüren von Streit und Fehde. Tiefer Frieden zog durch den dämmrig kühlen, sonnenbetupften Hochwald.

Jadwig streifte den Wildhandschuh von der Rechten und fuhr sich über die Stirn. Dann atmete sie tief.

Wie schön war es – wie unsagbar schön!

Wie eine Störung, eine Disharmonie in dem tiefen Waldfrieden empfand sie die Anwesenheit der beiden bewaffneten Männer.

Sie drehte kurz den Kopf.

„Ihr könnt da links die Höhe zum Totengang hinaufsteigen und Umschau halten. Wenn ihr etwas Verdächtiges seht, so sagt es mir. Ich gehe hier rechts weiter das Tal hinauf zur Grenzwache. Wenn ich eure Hilfe brauche, stoße ich ins Horn."

Die beiden Männer bogen waffenklirrend links ab. Jadwig verlangsamte ihren Schritt. O, hier war gut sein! Wenn es irgendwo noch Frieden gab in der weiten Welt, dann war er hier. Sie ging am Bachbett entlang von Stein zu Stein, immer zwischen dem rieselnden Wasser. Enger schoben sich die Felsen zusammen, reißender wurde das Wasser.

Sie kam jetzt an eine Lichtung, deren weiches Grün besprenkelt war mit tausend bunten Blumen. Heiß brannte hier die Sonne herab. Summende Bienen und gelbe Falter taumelten in der zitternden Mittagsglut. Es kam sie eine süße Müdigkeit an. Im Schatten eines betäubend duftenden, weißblühenden Faulbaums setzte sie sich auf einen der großen Felssteine am Bach. Wie erfrischend das Wasser rieselte, und wie die aufschäumende Gischt ihr die heißen Wangen kühlte!

Es kam sie eine jähe Lust an, hineinzutauchen in das schimmernde Naß.

Sie sah sich nach allen Seiten um. Es war so totenstill und verlassen hier. Die dunkle Tannenwand schützte die Lichtung ringsum wie eine Mauer.

Da konnte Jadwig nicht länger widerstehen. Der alte, frohe Übermut ihrer Mädchentage wurde wieder wach. Hinter dem Felsvorsprung unter dem blühenden Faulbaum warf sie die Kleider ab.

Dann stieg sie erschauernd hinein in die glitzernde Flut. O, wie das gut tat! Wie das kühle Wasser ihre weißen Glieder umschmeichelte. Eine der schwarzen

Flechten hatte sich gelöst und hing flutend die Schultern herab.

Es war Jadwig, als wüsche sie mit diesem Bad die ganze traurige Vergangenheit ab. Als versänke unter ihr im Wasser die herbe, stolze Witwe des wilden Böhmen, und als stiege ein neuer Mensch aus den Fluten – ein hoffender, kampfesfroher.

Sie ließ sich von der Sonne trocknen und warf schnell die Kleider wieder über. Dann legte sie sich in das frische Gras und sah blinzelnd hinauf in den tiefblauen Frühlingshimmel, der durch die blühenden Faulbaumzweige schimmerte. Darüber schlief sie ein. –

Ein Zittern ging durch den Heckenrosenbusch oben am Felshang. Unverwandt hatten zwei Männeraugen durch seine dornigen Zweige gestarrt. Jetzt stand die kniende Gestalt auf, glitt behend den Felsen hinab und trat zu der schlafenden Frau.

Heute trug Ratimer weder Kutte noch geflicktes Sängerkleid. Ein Jagdwams von graugrüner Farbe umschloß seine schlanke, sehnige Gestalt. Frei und offen trug er das stolze und gebräunte Antlitz, ohne verdeckenden Bart oder Binde. Spott lag um seine schmalen Lippen, als er auf Jadwig niedersah. Er nahm die Lederkappe mit der Reiherfeder vom Kopf und wischte sich über die heiße Stirn und das blonde Haar.

Da schrie ein Eichelhäher krächzend über ihnen.

Jadwig wachte auf und sah sich verschlafen um. Da fiel ihr Blick auf das regungslose Männergesicht über ihr und die stahlgrauen Augen, die sie unbeweglich ansahen.

Ein Zittern ging durch ihre Glieder, sie wurde leichenblaß.

„Ratimer", sagte sie leise, wie unter einem Banne.

Dann sprang sie jäh auf. Ihre Augen flammten.

„Ratimer, was tut Ihr hier?"

Sie riß das Horn von der Hüfte. Mit einem einzigen Griff hatte er es ihr aus der Hand gewunden.

„Ihr werdet jetzt nicht blasen, Jadwig, das könnte mir gefährlich werden."

Sie sah ihn groß an und wußte kein Wort zur Antwort.

Dann sagte sie mühsam, stammelnd: „Ich weiß nicht, wie lange ich schlief. Wart Ihr schon vorher da?"

Sie dachte an das kühle Bad unter den Felsen.

Er sah sie nicht an. Mit der Linken befestigte er ihr Horn an seinem Gürtel. Ihr aber stieg die Röte langsam bis zur Stirn.

Da sah er auf und sah ihre Not. Und sagte weich: „Ich kam eben erst, Jadwig, als Ihr schon lagt und schlieft."

Da atmete sie tief auf. Dann sah sie sich um.

„Ich muß aber heim jetzt, man wird mich suchen."

Er setzte die Lederkappe mit der Reiherfeder wieder auf die blonden Haare, aber weit aus der braunen Stirn, denn es war heiß.

„Ihr könnt jetzt nicht heimgehen, Jadwig."

Sie sah erschrocken auf.

„Warum nicht?"

„Weil Ihr meine Gefangene seid."

Sie trat einen Schritt zurück.

„Ich? - Eure Gefangene?"

Er nickte gleichmütig.

„Ihr steht auf Hocksteiner Gebiet."

Sie preßte die Lippen zusammen, daß sie weiß wurden. Einen Augenblick stand sie wie gelähmt. Dann setzte sie sich müde auf den Felsstein.

„Ich bin durstig", sagte sie leise.

Da nestelte er eine Muschel von seinem Gürtel und kniete am Bach nieder, um ihr Wasser zu schöpfen. Aber eine Sekunde nur. Denn er fühlte von hinten ihre Hand an seinem Wams, die ihm das Horn entriß. Blitzschnell fuhr er herum und packte ihre Arme, ehe sie es noch an ihre Lippen führen konnte. Dabei lachte sein ganzes Gesicht.

„Ei, du Wildkatze, man muß ja auf der Hut sein vor dir. Darum der Durst!"

Sie rang stumm und keuchend. Bis sie ins Knie fiel und er ihr das Horn entriß. Er schleuderte es in den Bach, der es mit frohem Tanzen talabwärts trieb.

Dabei stand er immer noch über ihr. In seiner großen, braunen Linken ihre beiden Handgelenke.

„Laßt mich los!" keuchte sie.

„O ja, Jadwig, wenn Ihr mir versprecht, folgsamer zu werden."

Sie knirschte mit den Zähnen.

„Ich verspreche nichts."

Er ließ ihre Hände los und trat zurück.

„Ihr seid eine Frau. Vergebt, ich griff wohl zu hart an? Aber der Überfall war zu plötzlich."

Sie war aufgestanden und ordnete ihr Kleid. In ihren dunklen Augen flammte tödlicher Haß.

„Ich bin jetzt keine Frau, Ratimer, sondern Euer Feind. So gut wie jeder Mann."

Er nickte.

„Das habe ich gemerkt. Aber darum sollt Ihr doch zu trinken haben."

Und er bückte sich noch einmal zum Bach und schöpfte ihr Wasser mit seiner Muschel.

„Es ist heiß, Jadwig, trinkt."

Sie wandte sich ab.

„Ich habe keinen Durst, Ratimer."

Er hob die Muschel zum Mund.

„Aber ich. Auf Euer Wohl, Jadwig vom Königstein."

Er trank in langen, durstigen Zügen. Dann sah er nach der Sonne.

„Nun müssen wir aber heim, Jadwig. Ich zeige Euch den Weg zum Hockstein."

Da sah sie ein, daß aller Widerstand vergeblich war und folgte ihm stolzerhobenen Hauptes.

*

6

Auf geheimen, zerklüfteten Pfaden führte Ratimer Jadwig zum Hockstein. Dabei machte er viele Umwege. Denn er wollte nicht am hellichten Tag mit seiner Gefangenen heimkehren, da er die Rathener Grenzwachen scheute. So führte er sie durch wunderbare Felsenklüfte, die ihr Fuß noch nie betreten hatte, bis sie vor einer Höhle standen. Der schmale Eingang war mit Ranken, Moos und Strauchwerk überwuchert, so daß ein ungeübtes Auge ihn leicht übersehen konnte.

Ratimer bog die Zweige auseinander und hieß sie eintreten.

Sie zögerte einen Augenblick.

„Soll das mein Gefängnis sein?"

Er schüttelte den Kopf.

„Nein, Jadwig, das ist auf dem Hockstein. Dies wird nur ein vorläufiger Unterschlupf zum Ausruhen während der Mittagszeit. Wir gehen erst weiter, wenn's dämmert, es wird sonst zu gefährlich für mich. Eure Grenzwachen geben gut acht."

Sie lehnte sich erschöpft an den Felsen.

„Ich wundere mich, daß Ihr so unbemerkt an ihnen vorbeikommen konntet."

Er pfiff durch die Zähne.

„Bin schon bei ganz anderen unbemerkt vorbeigegangen."

Sie wandte fragend den Kopf.

„Bei mir doch nicht? Ich hätte Euch gleich erkannt."

Er lachte und fuhr sich durch das blonde Haar.

„Ei, Jadwig, denkt an den Mönch und an Swanta."

Sie fuhr herum.

„Das wart doch nicht Ihr?"

„Freilich war ich das. Aber Ihr sollt nun essen und Euch dann ausruhen."

Sie sah mit Erstaunen, wie er Brot und Milch aus dem dämmerigen Hintergrund der Höhle brachte und auf einen Steinklotz vor sich niedersetzte. Beides war ganz frisch, wie eben dort hingestellt.

„Woher wußtet Ihr denn, daß ich hier heute etwas essen würde, Ratimer?"

Er setzte sich ihr gegenüber und schnitt mit seinem Hirschfänger große Brocken vom Schwarzbrot.

„Das wußte ich freilich nicht, Jadwig, sonst hätte ich Kränze aus Wildrosen über den Eingang gehängt. Aber ich habe hier stets ein Vesper zur Hand, war lange Zeit ein Unterschlupf für mich, ehe ich den Hockstein gewann. Hauste abwechselnd hier und am Totengang den Winter über."

Sie sah ihn starr an.

„Ihr wart den Winter schon hier?"

Er nickte kauend.

„Ja, und wo ich an Weihnachten war, das erzähl ich Euch ein andermal, Jadwig. Könnt sonst leicht Eure Mittagsruhe dadurch gefährden.

Als sie satt war, legte er eine Decke über das Mooslager im Hintergrund.

„Nun verschlaft den Schrecken, Jadwig. Ihr braucht nichts zu fürchten, bei Gott! Ratimer hält Wache."

Sie hatte ein herrisches, verneinendes Wort auf den Lippen. Aber sie war zu müde. Das lange, ungewohnte Wandern durch dick und dünn hatte sie ermattet. Vor allem aber die Aufregung über das, was man ihr antat. So legte sie sich ohne Widerrede auf das Mooslager im kühlen Hintergrunde der Höhle und war bald eingeschlafen. Draußen vorm Eingang hielt Ratimer Wache.

Die Schatten der Felsen und Wettertannen wurden länger. Ein wonniger Maientag wollte zu Ende gehen. Da rief Ratimer mit hallender Stimme Jadwigs Namen in die Höhle hinein. Es dauerte nicht lange, da trat sie zu ihm auf den Felsvorsprung.

„Ihr rieft, Ratimer. Was soll ich?"

Sie sagte es kurz und hart und sah ihn nicht an dabei.

Er reckte die Glieder und meinte behaglich: „Zum Hockstein wollen wir jetzt. Ich weiß einen sicheren Weg."

Sie trat hart vor ihn hin und preßte die Zähne aufeinander.

„Ratimer, ich bin Eure Gefangene. Aber habt Ihr auch wohl bedacht, was das heißt, eine wehrlose Frau unter lauter Mannsleuten in Gefangenschaft zu setzen?"

Er sah sie an.

„Jadwig, Ihr steht in meinem Schutz. Und ich bin Herr auf dem Hockstein. Auch seid Ihr nicht die einzige Frau dort. Der Pförtner hat auch eine, und ein Kind dazu."

Sie sagte nichts und sah an ihm vorbei in die Tiefe.

Etwas wie Mitleid stieg auf in Ratimers Seele. Er beugte sich vor, um in ihrem Antlitz zu lesen.

„Habt Ihr Furcht?"

Sie maß ihn mit einem verächtlichen Blick.

„Seit wann hat Jadwig vom Königstein gezeigt, daß sie furchtsam sei?"

Er nickte.

„Dann ist es gut. Kommt!"

Schräg fielen die roten Lichter der Abendsonne durch die Tannenstämme, als sie zum Hockstein kamen. Es war ein wunderbares Bild, als sie aus dem Waldesdunkel traten. Die Felsen hörten plötzlich auf. Es war, als sei die Welt jäh abgeschnitten.

Tief, tief unter ihnen im dämmerigen Abendfrieden dehnte sich das liebliche Polenztal. Schroff und senkrecht fielen die Felsen zur Tiefe. Man hätte von hier oben keinen Weg heruntergewußt in die Ebene. Nur die Schwalbe, die ihr Nest in schwindelnder Höhe in die Felsritzen gebaut hatte, schoß jauchzend in die Tiefe und wieder hinauf, tanzenden Mückenschwärmen nach.

Wie abgeschnitten von dem allgemeinen Felsplateau ragte das Felsenhorn des Hockstein ganz allein für sich empor aus der Ebene. Es war nur von drei Seiten erreichbar, die senkrecht ins Tal abfallenden Wände verboten dem Menschen jegliches Emporklimmen. Nur an einer einzigen Stelle, nach Westen zu, näherte sich ein Felskegel auf zehn Meter Entfernung dem Waldrand des Felsplateaus.

Hier hatte man mit unsäglicher Mühe Löcher in die Felsen geschlagen und Bohlen darin befestigt, so daß an dieser Stelle ein Übergang zwischen der Welt und dem Hockstein geschaffen war. Aber welch ein Übergang! Verwittert und geländerlos schwebten die Balken über der abgrundklaffenden Felsspalte. Jedes Kind konnte es erkennen, daß eines einzigen Mannes Arm genügte, die Balken zu entfernen und den Hockstein uneinnehmbar zu machen.

Ratimer blieb stehen und holte tief Atem. Stolz und Übermut standen in seinen Augen, als er auf seine Burg sah.

Er blickte auf Jadwig und sagte froh: „Seht, Jadwig, wer kann da heran?"

Sie war blaß. In ihren Augen lag ein düsteres, fremdes Licht.

„Menschen nicht", sagte sie leise, „aber Feuer, Hunger und Durst."

Er lachte.

„Ihr malt schwarz, Jadwig. Mein Hockstein ist gefeit."

Sie sagte nichts. Wie im Traum starrten ihre Augen auf die massigen Zinnen und Mauern, deren zackige Ränder die Abendsonne golden säumte. Eine Heckenrose hatte sich über dem Torweg eingenistet und ließ ihre leuchtenden Blüten wie Blutstropfen über die Mauer rieseln.

Singen und Lachen der Knechte klang aus dem Burghof herüber. Auf einem Flecklein grünen Rasens, auf dem eine Linde stand, außerhalb der Mauer, saß des Pförtners Frau mit dem blondhaarigen Kind. Dahinter ragten zwei blühende Kirschbäume. Ein schweres, süßes Duften lag in der Luft. In der Tiefe sang irgendwo eine Nachtigall. In Jadwig stieg etwas empor, das sie nie gekannt hatte. Die wunderbare Macht des Friedens wollte sich auf ihre Seele legen. Aber sie schüttelte sie ab. Es war ja Krieg – und sie eine Gefangene.

Als habe Herr Ratimer ihre Gedanken erraten, sagte er jäh: „Jadwig, Ihr dürft kein so finsteres Gesicht machen. Ihr seid im Hockstein nicht meine Gefangene. Ihr seid mein Gast."

Spott lag um ihre Lippen. Sie gab keine Antwort.

Da trat er zu ihr.

„Wir müssen jetzt über die Bohlen. Seid Ihr schwindelfrei, Jadwig? Sonst trage ich Euch hinüber."

Sie sah auf.

„Ich danke, Ratimer, aber ich gehe lieber."

Da warf ihnen der Pförtner von der anderen Seite zwei Stricke herüber, die an eisernen Ringen in der Turmwand befestigt waren. Ratimer gab ihr das eine Ende in die Hand.

„Ihr müßt Euch am Seil halten, dann kann Euch nichts geschehen. Die Bohlen sind fest, wenn sie auch schwanken."

Sie tat, wie er ihr hieß, und ging ihm voran über die geländerlose, schmale Brücke, unter der in bläulichen Schatten die unabsehbare Tiefe klaffte. Vor ihnen öffnete sich das Tor. Sie waren auf dem Hockstein.

Es gab oben in der Burg ein großes Gemach, in dem einst Ratimers Mutter gewohnt hatte. Schwere Eichentruhen standen an den Wänden. Breit und massig stand das geschnitzte Bett mit dem Baldachin. Aus den schmalen, tiefen Fenstern sah man senkrecht in das Polenztal hinab. Ein Betpult mit der Mutter Gottes darüber stand in einer Ecke. Staub und Spinnweben lagen über dem allen. Man sah, daß es Jahrzehnte nicht benutzt war. Hier ließ Ratimer durch des Pförtners Frau Ordnung und Sauberkeit schaffen. Währenddessen nahmen Jadwig und er unten im Herrensaal das Abendessen ein. Das heißt, eigentlich nur er, denn Jadwig mochte nichts essen. Sie saß ihm steil und schweigsam gegenüber in dem dunklen Gestühl und starrte müde auf die weißgekalkte Wand.

Er schob ihr die besten Bissen zu und meinte, sie müsse doch Hunger haben von der langen Wanderung. Aber sie wollte nichts.

Plötzlich sah sie auf.

„Warum habt Ihr mich eigentlich gefangengenommen, Ratimer?"

Er schob seinen Teller zurück und kreuzte die Arme.

„Das will ich Euch sagen, Jadwig. Zuerst, weil es mich ärgerte, daß Ihr auf Hocksteiner Gebiet schliefet, als sei keine Fehde im Land und als sei der Ratimer ein müder, tatenloser Greis. Zweitens freue ich mich, wenn ich Euren Vater ärgern kann, denn er hat mich auch geärgert – und drittens" – er hob seinen Humpen und sah sie aus lachenden Stahlaugen voll Übermut an – „dachte ich es mir schön, mit Frau Jadwig vom Königstein an einem Tisch zu sitzen und ihr täglich ins Antlitz zu schauen."

Mit einem jähen Ruck schob sie den Stuhl zurück und stand auf.

„Die Freude, mit mir an einem Tisch zu sitzen, kann ich Euch nicht weiter gönnen, Ratimer. Ich bitte Euch, mich fortan mein Essen oben in dem Gemach Eurer Mutter allein einnehmen zu lassen."

Er strich sich über das Blondhaar.

„Schade, aber wie Ihr befehlt."

Sie warf das Haupt in den Nacken, wie es ihre Gewohnheit war, und ging zur Tür. Hier drehte sie sich noch einmal um.

„Ratimer, habt Ihr es genau überlegt, was es für Euch bedeutet, daß Ihr mich hier gefangen haltet?"

Er schüttelte den Kopf.

„Wie meint Ihr das, Jadwig?"

Sie trat an den Tisch zurück, stützte ihre beiden schlanken Hände auf die Platte und sah ihn fest an.

„Ich möchte Euch warnen, Ratimer. Wenn der König von Böhmen meinem Vater Hilfe schickt und man den Hockstein angreift, dann wird mein Vater schwere Rache üben gegen den, der seine Tochter entführt hat. Wo er sonst vielleicht noch hätte Milde walten lassen können, muß er dann hart und unerbittlich strafen. Der Burggraf vom Königstein wird nie ungesühnt lassen, was seiner Tocher widerfahren ist. Darum zu Eurem eigenen Vorteil, Ratimer, bitte ich Euch, laßt mich frei."

Er war aufgestanden und trat an das Fenster. Spott lag um seine Lippen.

„Wie freundlich Ihr seid, Jadwig, und wie besorgt um mich. Aber es kann nicht sein. Ihr bleibt hier!"

Da riß Jadwig ihre ganze Kraft zusammen. Sie trat in den goldroten Streifen, den die Abendsonne durch das Fenster warf. In ihren Augen lag eine große, unbewußte Angst. Ihr Atem ging schwer und stoßweise.

„Ratimer, es geschieht nicht oft in ihrem Leben, daß Jadwig bittet. Aber wenn sie es dennoch tut, hängt ihre Seele daran. Es war ein unüberlegtes, übermütiges Handeln heute von Euch, Ratimer. Das wird auf dem Rathen und Königstein einen nie wieder gutzumachenden Zorn entfachen. Wenn Euch der Hockstein und Euer Leben lieb ist, Ratimer - zum letzten Male - gebt mich frei!"

Er sah sie an, wie sie da in ihrer stolzen Schönheit bittend vor ihm stand. Er hatte Jadwig noch nie so schön gesehen. Und er sagte weich, wie man zu einem Kind spricht: „Alles, was Ihr wollt, tue ich für Euch. Aber freilassen kann ich Euch nicht."

Da ließ sie die Hände sinken, die sie bittend erhoben hatte. Langsam wandte sie sich zum Gehen. Es war wie ein klagender Laut von ihren Lippen gekommen.

*

7

Es war eine wundersame, laue Maiennacht. In den blühenden Büschen am Abhang sang unermüdlich die Nachtigall. Ratimer ging über den Burghof, um noch einmal vor dem Schlafengehen nach dem Rechten zu sehen. Am Tor kam ihm der alte Pförtner entgegen. Der schmunzelte schon von weitem übers ganze Gesicht.

„Fein, Ratimer, fein, daß Ihr just des Burggrafen Tochter fingt. Solange Jadwig auf dem Hockstein ist, wird sich Romuald hüten, uns auszuhungern oder Feuer in die Burg zu werfen. Er wird doch nicht sein eigenes Kind gefährden wollen. Es ist alles in Ordnung, Herr. Bei den Vorräten habe ich auch eine Wache aufstellen lassen."

Ratimer nickte nur. Es war, als seien seine Gedanken ganz woanders. Am Ziehbrunnen knarrte eine Kette. Es hatte wohl noch einer Durst in der schwülen Nacht.

Da hob Ratimer den Kopf.

„Es soll auch eine Wache am Brunnen aufgestellt werden. Das Wasser ist jetzt unser kostbarstes Gut. Daß niemand unvorsichtig ist und Unrat hineinfällt."

Der Alte hob entsetzt die Hände.

„O, Herr, wer wird so etwas Frevelhaftes tun? Wir wissen es alle, jeder einzige Knecht im Stall, daß der Brunnen unser Heiligtum ist, wenn wir belagert werden. Da ist keine Wache nötig."

Ratimer legte ihm die Hand auf die Schulter.

„Aber ich wünsche eine Wache am Brunnen. Du vergißt, daß wir jetzt einen Feind unter uns haben."

Der Alte furchte die Stirn.

„Jadwig? O, Ratimer, wenn Ihr das meint, so laßt sie doch einfach nicht frei herumgehen. Laßt sie einschließen, wie es einer Gefangenen zukommt."

Ratimer schüttelte den Kopf.

„Das ist meine Sache, Alter. Jadwig soll frei herumgehen, wo sie will."

Der Alte kraulte sich am Kopf.

„Meine Frau fürchtet sich vor ihr, sie sieht so finster und weiß aus, selten, daß sie einmal ein Wörtlein redet."

Ratimer sah nach dem Turmfenster hin, wo Jadwig wohnte.

„Ist auch hart, Alter, gefangen zu sein."

Damit machte er langsam weiter die Runde durch Hof und Stallungen.

Jadwig war nun schon sieben Tage auf dem Hockstein, aber seit jener Unterredung am ersten Abend hatte er sie nicht wieder gesprochen. Sie verließ ihr Turmgemach nicht. Und doch war der Frühling ringsum so schön, wie noch nie. Sie tat ihm leid, er hätte ihr gern etwas Kurzweil gebracht in ihre Einsamkeit. Aber er traute es sich nicht. Sie war so seltsam gewesen, neulich abend. Aber nachgeben tat er ihr nicht, ganz gewiß nicht. Sie blieb hier.

Von den blühenden Kirschbäumen an der Mauer warf der Nachtwind lose, weiße Blätter. Ratimer sah ihnen nach, wie sie in die gähnende Tiefe tanzten. Wann würden sie zur Ruhe kommen? Oder waren sie wie er, der auch nie zur Ruhe kam? Den man jagte von Ort zu Ort und dann bedrohte an seinem eigenen Herd? Aber war es nicht seine Schuld? Er schüttelte in tiefen Gedanken das Haupt. Er wollte ja nur sein gutes Recht. Und darum gab er auch nicht einen Fußbreit nach. Dafür war er der Ratimer.

In der Pförtnerwohnung war noch Licht. Leises Kinderweinen klang in die Nacht. Er setzte sich auf den Brunnenrand und stützte den Kopf in die Linke.

War das die Maiennacht, die ihn heute so weich machte? Ratimer dachte an seine eigene Kindheit zurück, als die Mutter ihm durchs Haar strich und ihn ihren Wildfang nannte.

O, es mußte wohl schön sein, eine Frau zu haben, eine treue, liebe, die einem das Heim voll Segen und Sonne schuf. Und ein Kind zu haben, das einen „Vater" rief, das der Frau gleichsah, das man liebte.

Er wunderte sich nicht, daß mit einemmal Jadwig vor ihm stand. Es war ja solch eine milde Maiennacht, da gehen Elfen und süße Zauber um. Aber sie erschrak.

„Ich wußte nicht, daß Ihr hier seid, Ratimer. Ich mußte nur ein wenig Atem schöpfen hier draußen. Ich ersticke fast im Turmzimmer."

„Tut Ihr das jede Nacht so, Jadwig?"

Sie nickte.

„Ja, seit ich gefangen bin. Es ist so heiß den Tag über zwischen den Wänden. Ich werde sonst krank."

Er furchte die Stirn.

„Wer hat es Euch verwehrt, am hellen Tage in die Sonne zu gehen oder unter den Kirschblüten zu sitzen?"

„Niemand, Ratimer. Aber Jadwig scheut das Tageslicht, seit sie gefangen ist."

„Und warum? Ich will nicht, daß Ihr krank werdet."

„Warum? Weil ich nicht gewohnt bin, daß die Leute mit Fingern auf mich weisen und sagen: das ist Ratimers Gefangene."

Er fuhr auf.

„Wer hat das getan?"

Sie strich die schwarzen Haare aus der Stirn.

„Noch niemand. Aber es könnte jeden Tag einer so tun, und das ertrüge ich nicht."

Er war aufgesprungen.

„Ich will den Befehl ausgeben, daß niemand Eurer Gefangenschaft spotte, noch ein Wort darüber sage. Wer es tut, soll sterben."

Es war etwas Gequältes in seinem Gesicht, als er das sagte. Er sah im Mondlicht blaß und zersorgt aus.

Sie schüttelte langsam den dunklen Kopf.

„Wozu, Ratimer? Ich gehe doch nicht am Tage aus meinem Zimmer. Und nun auch nachts nicht mehr."

Er biß die Zähne zusammen.

„Weil Ihr mich hier getroffen habt?"

„Ja, Ratimer. So ich Euch sehe, ist alles in mir ein Zorn. Nicht bei Tage und nicht bei Nacht mag ich Euch sehen."

Ihre Augen flammten in dem weißen Gesicht, als sie das sagte.

Er stand unbeweglich, die Stirn gesenkt.

„So haßt Ihr mich?"

„So hasse ich Euch."

Sie wollte gehen. Da griff er nach ihrem Kleid, das man ihr aus den Truhen seiner Mutter gegeben hatte.

„Jadwig, noch ein Wort! Wenn Ihr mich so haßt,

warum hat es Euch damals denn leid getan, daß Ihr durch Wort und Zuspruch mitgeholfen habt, mich vom Rathen zu vertreiben?"

Sie blieb stehen und sah ihn groß an.

„Wer sagt Euch, daß mir das leid getan hat?"

Er stand jetzt dicht vor ihr.

„Ihr selber, Jadwig."

Sie wich einen Schritt zurück.

„Ich selber? Ihr träumt wohl, Ratimer."

Da sagte er halblaut, hart an ihrem Ohr: „Habt Ihr es nicht zu Weihnachten auf dem Rathen in der Kapelle dem Mönche also gebeichtet?"

Sie schrie auf. Ihre Lippen zitterten.

„Ich fürchte mich vor Euch, Ratimer. Wer hat Euch mein Beichtgeheimnis anvertraut?"

„Ihr selber, Jadwig."

Sie stand einen Augenblick wie versteinert. Dann riß sie sich hoch.

„Ratimer, Ihr habt mit dem Heiligsten Mißbrauch getrieben. Dafür wird Gott Euch strafen. Und was auch kommen mag, ich kann Euch nicht mehr beistehen."

Er ließ ihr Kleid los und trat zurück, Hohn und Stolz um den schmalen Mund.

„Ich brauche auch Euren Beistand nicht, Jadwig. Gute Nacht."

Er ließ sie stehen und ging quer über den Burghof zum Tor. Da wankte Jadwig hinauf in ihr Zimmer.

Aber sie konnte keinen Schlaf finden, die ganze lange Nacht nicht. Am offenen Fenster stand sie und starrte ins mondhelle Tal.

Das hatte Ratimer wagen können! Ihr als Mönch verkleidet das Beichtgeheimnis abzulocken! Oh!

In ohnmächtiger Wut preßte sie die Fäuste zusammen, daß ihr die Nägel ins Fleisch schnitten.

Nun gab es kein Erbarmen mehr für ihn. Was auch kommen mochte! Und es würde eine große, große Not kommen. Das fühlte Jadwig.

Gegen Morgen schlief sie endlich etwas ein, aber sie träumte so wild dabei. Sie träumte, sie sei auf dem Rathen zur Mitternacht und sehe den Mann in Erz. Sie sah ihn so, wie man ihn ihr von Kind auf beschrieben hatte, wie er umgehen sollte, wenn ein Unglück bevorstand. In Eisen waren seine Glieder gehüllt, Eisenpanzer deckten Brust und Rücken, ein eisernes Visier schloß das Gesicht. Auf der Brust hielt er die Hände gefaltet, darinnen ein bloßes Schwert, so wie er ausgehauen war auf den granitenen Steinplatten unten in der Kapelle. Er kam langsam auf sie zu, sie hörte das Eisen klirren bei jedem Schritt. Da schrie sie auf und wurde wach.

Sie fuhr sich mit zitternder Hand über die Stirn und konnte den Traum nicht vergessen.

Als ihr am Morgen des Pförtners Frau wie alle Tage den Teller mit Suppe hinaufbrachte, sah sie müde und übernächtigt aus, so daß die Pförtnersfrau sie erschrocken anschaute.

„Was fehlt Euch, Jadwig? Ihr seid doch nicht krank?"

Jadwig setzte sich auf den hohen Stuhl am Fenster.

„Ich weiß es nicht, Frau."

Und dann plötzlich den Kopf wendend: „War das Euer Kind, das so schrie heute Nacht?"

Die Frau nickte.

„Es hat mit den Zähnen zu tun."

Jadwig sah der Frau zu, wie sie im Zimmer aufräumte.

„Ihr seid doch des Pförtners Frau. Wie kommt es, daß er schon so alt ist und noch ein so kleines Kind hat?"

„Wir haben spät geheiratet, Jadwig. Wir waren Hörige, da hat uns Ratimer die Freiheit geschenkt. Und so alt ist mein Mann noch gar nicht, es hat ihm nur das lange Leid um seinen Herrn Ratimer die Haare so früh gebleicht."

„Liebt er denn Ratimer so?"

„O, Jadwig, wer sollte den nicht lieben?"

Jadwig erwiderte nichts und sah wieder aus dem Fenster.

Da sagte die Pförtnersfrau plötzlich: „Ach, daß ich's bald vergessen hätte! Ratimer läßt Euch sagen durch mich, es wäre so schön sonnig, Ihr solltet doch ein wenig hinausgehen. Er hätte solange draußen im Wald zu tun."

Jadwig krauste die Stirn.

„Da kann man ihn aber leicht fangen!"

Die kleine, rundliche Frau lachte laut auf.

„Ratimer fangen? Den fängt niemand."

Als Jadwig ihre Suppe gegessen hatte, ging sie ruhelos in der Kammer auf und ab. Des Pförtners Frau war schon lange wieder fort. Sie war wieder allein mit ihren jagenden, wundersamen Gedanken. Golden lachte die Maiensonne vom wolkenlosen, tiefblauen Himmel. Zwitschernder, jubelnder Vogelgesang drang aus allen Büschen und Bäumen. O, daß sie hinaus könnte in den Wald, der ihre Heimat war! Eine unbezwingliche Sehnsucht überkam sie nach Blüten, Vögeln und Sonne. Ratimer war ja fort, er hatte es ihr selber sagen lassen, da konnte sie ein Herausgehen wagen. Sie kletterte die hölzerne Stiege hinunter und trat, tief Atem holend, auf den Burghof. Wie die Bienen in den Kirschbäumen summten, und wie die Schwalben wippend auf dem Brunnenrand saßen! Sie hätte die Arme ausbreiten und fliegen mögen. War denn gar kein Entkommen möglich von hier? Der einzige Weg, der den Hockstein mit der Außenwelt verband, waren jene Balken über der grausigen Tiefe. Und diese Balken wurden Tag und Nacht von Bartus, dem Pförtner, bewacht. Flucht gab es von hier nicht.

Unter den beiden blühenden Kirschbäumen auf dem winzigen Rasenflecklein spielte des Pförtners Kind. Es hatte sein nächtliches Zahnweh vergessen und lachte und sprang Jadwig entgegen. Die ließ sich auf das Holzbänklein nieder und zog das Kind an ihre Knie. Das hatte große, blaue Augen und tiefe Grübchen in den Wangen. Jadwig kam jäh ein weher Gedanke.

„Wenn ich so ein Kind hätte, das würde mein Leben reich machen."

Und sie legte der Kleinen weich die Hand auf die Locken. Dabei merkte sie nicht, daß drüben am anderen Felshang jenseits der Brücke Ratimer aus den Tannen getreten war. Er stand regungslos, auf seinen Speer gestützt, und starrte das liebliche Bild unter den Kirschbäumen an. Das schien nicht mehr die zornige, gekränkte Jadwig zu sein. Das glich eher dem süßen Heiligenbild einer Madonna im Grünen.

Aber Ratimer hatte jetzt nicht Zeit zum müßigen Zuschauen. Er legte beide Hände an den Mund und rief hallend zum Pförtner hinüber, daß Jadwig erschrocken zusammenfuhr.

„Bartus, schicke mir zehn Mann über die Bohlen mit Äxten, aber ohne Säumnis!"

Da traten nach wenigen Minuten zehn Knechte, jeder mit einer Axt über der Schulter, aus dem Burgtor. Die wies er an, die Tannen gegenüber dem Hockstein, da, wo er stand, zu fällen.

„Nun wird es Ernst", sagte Bartus und schlug ein Kreuz, „nun werden sie wohl kommen. Er hat seine Tannen so geliebt, der Herr Ratimer, aber den Hockstein doch noch mehr. Wenn man den Hockstein belagern würde, hat er gesagt, müssen die Tannen fallen."

Jadwig sah den Alten erstaunt an.

„Warum?"

„Das will ich Euch sagen. Die Tannen würden uns von hier aus den Ausblick auf den Feind nehmen. Der hätte ein gutes Versteck und könnte wohl ungestört von dort auf uns schießen. Der Felsen vor uns muß frei und kahl sein."

Ächzend und krachend stürzte eine der mächtigen Wettertannen nach der anderen. Wie gefällte Riesen lagen sie in buntem Durcheinander auf dem Felsen. Als die Sonne im Zenit stand, war die ganze vordere Felsplatte, dem Hockstein gerade gegenüber, wie gemäht. Es roch süß nach Harz, dem duftigen Tannenblut. Die Männer trockneten sich den Schweiß von der Stirne.

Ein Säuseln und Wehen ging durch die gefallenen Tannenwipfel. Ratimer hob lauschend den Kopf.

„Noch kommen sie nicht. Sie werden erst da sein, wenn's dunkel wird. Geht solange Mittag essen, Männer. Danach müssen noch die letzten Tannen fallen."

Er hatte wie die anderen seine Jacke abgeworfen.

Das Hemd stand vorn über der Brust offen. In den blonden Haaren perlte der Schweiß in hellen Tropfen. Irgendwo im Grase lag die Kappe mit der Reiherfeder. Wie seiner Männer bester hatte er gearbeitet. Jetzt reckte er die Arme.

„Ich habe Hunger, Bartus."

Jadwig saß noch immer unter dem Kirschbaume, trunken von der linden Luft, so daß sie nicht hineingehen mochte. Wie anders sah der Mann jetzt aus im Sonnenlicht als gestern nacht! So stahlhart, braun und kampfesfroh. So stolz bewußt seiner unbesiegbaren Kraft und seines lachenden Mutes.

Er lachte zu Jadwig hinüber.

„Nun wird's Ernst, Jadwig. Nun kommen sie alle, um den wilden Ratimer zu fangen."

Sie war aufgesprungen. Ihre Hände zitterten.

„Kommt mein Vater?"

Er nickte.

„Euer Vater und der junge Duba und ein Fähnlein vom Böhmenkönig.

Sie sah ihn starr an.

„Woher wißt Ihr das?"

Er lachte.

„War ja lange genug unterwegs, um das zu erkunden. Das Böhmenschiff ist schon bei Schandau. Heute abend werden sie hier sein."

Er war über die Bohlen gegangen und schritt jetzt quer über den Burghof.

„Nachher heißt's noch fleißig arbeiten. Zuletzt schlagen wir die Bohlen durch, dann kann kein Mensch mehr an den Hockstein."

Als der Abend kam, waren sämtliche Tannen gefällt.

Schweigend gingen die Männer mit ihren Äxten wieder über die Bohlen zurück. Dann stürzten auch die Brückenbalken mit dumpfem Gepolter in die gähnende Tiefe.

Wie eine Insel im Meer ragte der Hockstein, weltabgeschnitten. Wer von ihm zum Festland wollte oder zurück, mußte Flügel haben.

Die Drossel, die jeden Abend ihr Lied in den Tannen am Felsabhang gejubelt hatte, flog ängstlich flatternd hin und her, denn sie fand den Zweig nicht wieder, der sie sonst immer gewiegt hatte.

In der Burg wurde kein Licht entzündet. Wie eine lastende Stille lag es über allen. Jadwig kam ein Schauern an. Sie kannte ihren Vater und seinen Zorn.

Aus den Wäldern von der Elbe her schlichen die ganze Nacht waffenklirrende Männer. Die standen am andern Morgen wie eine eiserne Mauer dem Hockstein gegenüber.

*

8

Es begann ein wunderbares Leben, das man nun auf dem Hockstein führte. Eigenhändig verteilte der alte Bartus in Ratimers Beisein täglich von den aufgestapelten Vorräten an die Männer. Alles wurde genau gezählt und abgewogen, denn es sollte Monate reichen. Ebenso geschah es mit dem Hafer für die Pferde. Die Männer mußten geduckt und vorsichtig gehen, denn wer einmal zu neugierig über die Mauer schaute, dem sauste ein heimtückischer Böhmenpfeil um die Ohren. Auf dem Stroh im Stall lag der erste Verwundete, den des Pförtners Frau fürsorglich verbunden hatte.

Sonst taten alle ihre Arbeit, wie bisher, es lag nur wie ein stilles, düsteres Schweigen über allen. Durch Spott- und Hohnworte, die über den klaffenden Abgrund flogen, versuchten die Böhmen Ratimers Männer zu reizen und aufzustacheln. Aber die blieben unsichtbar, wenn auch mit geballten Fäusten, immer Ratimers Mahnungen beachtend. Nur wenn sich ein höhnender Böhme gar zu nah an den Abgrund wagte, dem Wachtturm gegenüber, kam unvermutet ein todbringender Pfeil aus irgendeiner Luke vom Hockstein. So waren sie gegenseitig voreinander auf der Hut.

Und immer blühender, süßer und sonniger hielt der Frühling seinen Einzug ins Land. Es war jedem einzigen so, als sei er noch nie so schön in den Gau gekommen. Auf den Hängen stand das Gras so hoch, daß man das Wild des Abends und in der Frühe kaum darin sah. Wie Tupfen von frischgefallenem Schnee hing der blühende Weißdorn an den Felsen. Wundersam klar und hell waren die Nächte, in denen des Abendrots Verglimmen dämmernd hinüberwob in das junge Licht des Tages. Es waren Nächte, in denen man nicht schlafen mochte, weil sie zu schön dazu waren, und man fürchtete, daß sie so nie wiederkämen.

Auf der breiten Fensterbank im Herrensaal saß Ratimer. Er hielt seine Spielmannsfiedel am Kinn und ließ den Bogen verträumt über die Saiten gehen. Wanderlieder spielte er — müde, sehnsüchtige. Dazwischen wilde Kriegsweisen. In das schmale, hohe Fenster sah der verdämmernde Juniabend. Draußen regte sich kein Lüftchen. Aus dem Hof klang dann und wann eine Männerstimme oder das Klirren einer Pferdekette im Stall.

Um den steinernen Brunnenrand saßen unter der blühenden Linde die Knechte. Ihnen wurde die Zeit lang, da trieben sie allerhand Kurzweil. Sie lachten und schwatzten, als läge kein Feind vor den Toren. Sie probten die Klingen und rieben blank, was in der langen Wartezeit rostig werden wollte. Auf dem steinernen Brunnenrand klangen die Würfel. Der alte Bartus äugte durch die eine Mauerluke ins feindliche Lager. Dann trat er zu den Knechten am Brunnen.

„Gebt acht, Männer, daß euch nichts hineinfällt. Das Wasser ist jetzt heilig auf dem Hockstein."

Er ließ den Eimer an der knarrenden Kette in die

Tiefe und zog ihn gefüllt wieder hoch. Mit der hohlen Hand schöpfte er dann und trank gierig. Der Abend war warm. Dann sah er zum Himmel und seufzte.

„Nun ist schon den ganzen Monat lang kein Wölklein zu sehen. Das Gras verdorrt an den Hängen und das Erdreich wird Staub. Die Heiligen mögen uns bald Regen schicken, es tut not."

Die Knechte nickten und sahen den Himmel entlang, wie jeden Abend. Der war klar und blau wie ein makelloses Tuch ohne Fleck und Wolke. Brummend ging der alte Bartus wieder zu den Stallungen.

Im Herrensaal oben spielte Ratimer immer noch auf seiner Fiedel. Dabei dachte er zurück an vergangene Zeiten, als er noch ein Kind war und hier im Saal bei seiner Mutter spielte. Bis ihn der Vater mit sich nahm und im Waffenwerk unterwies. Früh war die Mutter gestorben. Da hatte Ratimer ohne ihre Liebe aufwachsen müssen. Und alles, was rauh und hart in ihm war und was sie bis dahin immer unterdrückt und bekämpft hatte bei ihrem Kind, konnte sich jetzt von neuem entfalten und wilde Blüten treiben. Ratimer hatte niemand, der ihn zurechtwies oder Zartheit und Weichheit lehrte. Und er hatte doch oft solche Sehnsucht danach, unbewußt und ungewollt. Er fühlte, daß in all dem rauhen Kriegsleben in der Heimat und in der Fremde die weiche, ausgleichende Frauenhand fehlte, die ihm ein wenig Sonne hätte bringen können in die Einsamkeit seiner Seele und die Unruhe seines Lebens. Da war ihm vor Jahren das Kind Jadwig begegnet, als Romuald Niemans Burggraf vom Königstein wurde. Er hatte sie gesehen, wie sie durch Wald und Feld streifte und mit Blumen und Vögeln und Elfen sprach. Wie sie so stolz und siegesbewußt durchs Leben schritt, als gehöre die ganze Welt nur ihr. Es kam dann die Zeit, wo er in wildem Trotz sich gegen den König von Böhmen und seine Burggrafen wehrte, wegen Lehnsabgaben und Grenzstreit. Bis man ihn so in die Enge trieb, daß er nicht mehr aus noch ein wußte. Da hatte er Jadwig im Wald getroffen und sie gebeten, bei ihrem Vater ein gutes Wort für ihn einzulegen. Aber sie hatte gelacht und gesagt: „Wenn Ihr vor mir kniet!" Das hatte ihn in der tiefsten Seele empört und verletzt. Stolz hatte er ihr den Rücken gekehrt und sie von dem Augenblick an gehaßt. Sie waren damals beide noch sehr jung gewesen. Nach kurzer Zeit hörte er, daß sie den Böhmen geheiratet habe, und ihn, Ratimer, jagte man aus der Heimat. Seitdem war ihm Jadwig und ihr Schicksal gleichgültig geworden.

Er war in der Fremde einsam geblieben, denn ihm stand die Frau zu hoch von der Mutter her.

Da kam er zur Heimat zurück, unbekannt, heimlich. Nur von dem einen heißen Wunsch beseelt, die Burgen der Väter wiederzuerringen. Als Mönch verkleidet, sah er zum ersten Mal Jadwig wieder und hörte ihre Beichte. Das tat ihm wohl. Aber mehr auch nicht. Dann traf er sie an jenem Maienmorgen schlafend im Wald. Da war ihm der Gedanke gekommen, durch ihre Gegenwart auf dem Hockstein die Burg vor Feuer zu retten. Nichts anderes als dieser plötzliche Gedanke hatte ihn dazu getrieben, sie als Gefangene mit sich zu führen. Mehr wollte er nicht von Jadwig, gewiß nicht – sie war ihm nur Mittel zum Zweck.

So sann Ratimer und legte die Geige neben sich auf

die Fensterbank. Den Kopf stützte er in beide Hände und sah verträumt hinab in das dämmernde Tal zu seinen Füßen.

Dabei tauchte immer wieder ein und dasselbe Bild vor seiner Seele auf. Und er verscheuchte es doch jedesmal ärgerlich.

Im hohen Gras unter Blumen und Schmetterlingen sah er Jadwig liegen und schlafen. Und konnte so unbeweglich ihre große Schönheit sehen. Wie die langen, dunklen Wimpern auf den Wangen lagen — wie der Atem durch die halbgeschlossenen Lippen ging wie süßer, zarter Hauch.

O, es mußte wohl schön sein, eine solche Frau zu besitzen und ihrer Treue und Liebe gewiß zu sein bis an den Tod.

Er spürte ein Verlangen, an diesem Maienabend mit ihr zusammen zu sein und ein wenig mit ihr zu reden. Unten auf dem Hof war es allmählich still geworden. Bis auf die Wachen waren sie alle zur Ruhe gegangen. Ratimer ging mit schweren Schritten durch den Saal und stieg die Stufen hinauf zu Jadwigs Gemach. Sie saß am offenen Fenster und starrte ins dämmernde Polenztal. So tat sie es Stunden um Stunden.

Er klopfte hart an ihre Tür, daß sie zusammenfuhr. Sie kam von ihrem Fenstersitz herab und öffnete die Tür, die von innen verriegelt war. Als sie Ratimer davor stehen sah, furchte sie die Stirn.

„Was wollt Ihr in so später Abendstunde noch von mir, Ratimer?"

Der große sonnengebräunte Mann wurde fast ein wenig verlegen, als sie so herrisch zu ihm sprach.

„Ob Ihr nicht noch ein wenig hinabkommen wollt,

möchte ich fragen, Jadwig. Es ist so einsam in der Halle, da wurde mir die Zeit lang."

Sie lachte auf, es zitterte wie Spott um ihre Lippen.

„Zeit lang? O, Ratimer, und meint Ihr, mir würde sie hier oben nicht auch lang? Wo ich die Blumen blühen sehe und die Waffen der Meinen jenseits des Abgrunds klingen höre? Ihr handelt grausam an mir, Ratimer."

Er legte den Kopf ein wenig auf die Seite, wie er immer tat, wenn er nachdachte, und nagte die Lippe.

„Das ist der Krieg, Jadwig. Aber laßt ihn uns einmal vergessen und zusammen plaudern, als läge kein Fehdehandschuh zwischen Rathen und Hockstein."

Sie nickte: „Es sei. Der Schlaf flieht meine Augen in diesen lichten Nächten, da wollen wir miteinander reden wie in alter Zeit, als wir noch jung waren."

Er sah sie fröhlich an.

„Sind wir das denn nicht immer noch, Jadwig?"

Sie sah an ihm vorbei ins Leere.

„Vielleicht an Jahren, Ratimer. Aber nicht an dem, was das Leben uns auferlegte."

Sie ging an ihm vorüber die Treppe hinab in den Herrensaal.

Vor dem offenen Fenster lag noch seine Fiedel. Er schob ihr den hocharmigen Stuhl so hin, daß sie über die blauen Länder ins weite Tal hinaussehen konnte. Sie saß im Stuhl, die schlanken Hände im Schoß gefaltet. Er erschrak, wie weiß und schmal sie geworden war. Er setzte sich ihr gegenüber auf die Fensterbank und nahm die Fiedel auf die Knie.

Seine Finger gingen über die Saiten, daß es wie Kinderweinen klang.

„Ihr seht nicht gut aus, Jadwig. Ihr seid doch nicht krank?"

Ein wehes Lächeln ging über ihr Gesicht. Dann ein stolzes, verächtliches Achselzucken.

„Weiß nicht, ob man in der Gefangenschaft gesünder wird, Ratimer. Stubenluft und Sehnsucht taugen nicht für mich."

„Ihr sehnt Euch heim?"

„Weiß nicht ob gerade heim, denn eine Heimat hab ich nicht. Mein Vaterhaus ist mir nur Unterschlupf, doch nicht die Heimat. Ich sehne mich nach Freiheit."

Er sah bekümmert aus.

„Nun seid Ihr zornig auf mich, weil ich sie Euch nahm?"

Sie sah ihn voll aus ihren großen, schwarzen Augen an.

„Ihr mußtet wohl so handeln, Ratimer, weil Ihr die Heimat so liebt. Meint nicht, daß ich Euch und Euer kühnes Planen nicht durchschaute. Daß Ihr mich hier gefangen setztet, das war nicht, wie Ihr mir am ersten Abend sagtet, weil Ihr mich auf Hocksteiner Gebiet schlafend gefunden habt oder weil Ihr Euch von meinem Hiersein Kurzweil erträumtet – nein – Ratimer – das war es alles nicht. Ich weiß wohl, warum ich hier sein muß. Es ist, weil Ihr den Hockstein mehr liebt als Euer Leben. Und nun soll ich Euch helfen, den Hockstein zu behalten. Es ist ein feiner Plan, Ratimer, und Euer wohl würdig, der Ihr stets voller Listen wart, seit Ihr wieder in unser Land kamt. Aber diesmal dürftet Ihr Euch verrechnet haben, Ratimer."

Sie lachte bitter, dann fuhr sie leise fort: „Ihr meint, solange ich auf dem Hockstein bin, wirft Romuald kein Feuer in die Burg? Und wird es auch nicht zum Aushungern kommen lassen? Ratimer, ehe Jadwig Euch hilft, und sei es durch ihre bloße Gegenwart, den Hockstein zu halten, eher geht sie einen Weg, der meinem Vater klar und offen zeigen wird, daß ich nicht mehr auf dem Hockstein bin. Sobald er das weiß, daß ich nicht mehr hier bin, ist alles rings herum, wo einst der Hockstein stand, ein rauchender Trümmerhaufen."

Sie hatte leise und langsam gesprochen, weit vorgebeugt, die schwarzen Augen fest auf ihn gerichtet. Es ging ihm ein Frösteln über den Rücken, als er die Frau da vor sich reden hörte.

Er schüttelte langsam den Kopf.

„Es gibt keinen Weg mehr, Jadwig, der Euch ohne meinen Willen vom Hockstein führen könnte."

Sie sagte kein Wort, sondern wiegte lächelnd ihr Haupt.

„Das werden wir sehen, Ratimer."

Es wurde totenstill zwischen ihnen. Wie eine Mauer aus Eis waren ihre Worte vor ihm aufgestiegen, so daß ihn ein Frieren ankam.

Mit schwerer Hand strich sie jetzt das schwarze Haar aus der Stirn.

„Ihr meint, es sei so leicht, gegen uns zu fechten. Am Narrenseil wollt Ihr uns herumführen wie kleine Kinder. Es ist wahr, Ihr habt uns genarrt, etliche Monate lang. Ihr wart auf dem Rathen als Mönch, um unsere Stärke auszukunden, Gott sei's geklagt."

Er lächelte.

„Seid nicht zu traurig darüber, Jadwig. Ihr seid nicht die einzige gewesen, die ich so narrte. Sogar mein alter Bartus erkannte mich nicht, als ich als Spielmann hier einzog."

„Mich wundert nichts mehr, Ratimer, was ich von Euch höre. Es ist Euch manches gelungen, da wurdet Ihr übermütig. Ihr sollt nur nicht glauben, daß Ihr alles vermögt. Es gibt eine Grenze. Und an dieser Grenze stehe ich, Jadwig vom Königstein."

Er fuhr weich und gefühlvoll mit Daumen und Zeigefinger über die Saiten, daß die Geige aufseufzte.

„Was könnt Ihr tun gegen mich, Jadwig, wo Ihr meine Gefangene seid?"

„Mehr als Ihr ahnt, Ratimer."

Sie sagte es ernst und sah düster in das träumende Tal. Er lachte.

„Oho, dann muß ich Euch wohl einsperren lassen, wie mir der alte Bartus schon lange riet. Wollt Ihr den Brunnen vergiften oder Feuer legen? Es sind überall Wachen."

Sie sah ihn groß an.

„Das wäre wohl klein und schlecht von mir, Ratimer. Was Jadwig tun wird, ist größer. Ich hab's nicht nötig, Euch den Brunnen zu vergiften. Seht den Himmel an, es regnet seit einem Monat nicht mehr. Die Quellen versiegen und das Gras verdorrt. Wenn es so weiter geht, gibt auch der Brunnen im Hof kein Wasser mehr, und das Regenwasser in den Zisternen trocknet dahin."

Er nickte, seine Stirn lag in Falten.

„Ich weiß das schon lange, Jadwig. Aber wir können jeden Tag Regen bekommen."

„Wir können," sagte sie langsam, jedes Wort betonend.

„So hat man hier auf dem Hockstein schon lange gesagt. Wenn das Wetter bis zur Sonnenwende so bleibt, muß alles verschmachten, was auf dem Hockstein ist."

Er schüttelte den blonden Kopf. Seine Stahlaugen schossen wieder Blitze des Übermutes.

„Ihr beliebt sehr schwarz zu malen. Unser Brunnen ist gut und tief und hat alle Sommer genug Wasser gehabt. Und seid ohne Sorge: wenn es wirklich so weit kommen sollte auf dem Hockstein, dann gebe ich Euch frei. Ihr dürft keinen Mangel leiden, Jadwig."

Es war, als hätte sie seine Worte nicht gehört. Sie hatte ihr Haupt an den hohen, geschnitzten Stuhlrand gelehnt und sah an ihm vorüber aus dem Fenster. Dunkel und rätselhaft blickten ihre Augen. Lässig lagen ihre weißen Hände auf den Armlehnen. Im Tal zu ihren Füßen lag die blaue Mainacht. Am Felshang, wo die Wildrosen über der nächtliche Tiefe fluteten, schluchzte langgezogen und flötend die Nachtigall. Wie violetter Samt hing der Himmel über der Erde, von tausend Sternen wie mit Gold bestickt.

Ratimer holte tief Atem.

„Meine Heimat", sagte er leise, wie zu sich selbst, „mein Hockstein."

Sie sah ihn an.

In ihrem Blick lag etwas unsagbar Gequältes. Dann legte sie die Hand über die Augen.

„Singt mir ein Lied, Ratimer. Dann will ich schlafen gehen."

Er sah einen Augenblick versonnen vor sich nieder. Dann hob er die Geige zum Kinn.

> „Veiglein und Rosen blühen
> In wunderbarer Pracht,
> Im Fremdland tät ich wandern
> In einer Sommernacht. -
> Die Luft, die war so linde,
> Mir tat das Herze weh:
> Hilf, Herre Gott mir Armen,
> Daß ich die Heimat seh!
> Der Herrgott tät mir helfen,
> Ich ging die Straße zu,
> Bis ich die Heimat funden, -
> Nun, Herz, gib endlich Ruh."

So sang Ratimer. Da stand Jadwig auf.

„Ich will nun schlafen gehen", sagte sie leise und schritt gebeugten Hauptes und langsam aus der Tür.

*

9

Unerbittlich sengend brannte die Junisonne vom wolkenlosen Himmel. Schlaff hingen die Blätter von den Bäumen, auf denen grauer Staub lag wie eine feine Puderschicht. Es durfte auf der Burg kein Feuer mehr angezündet werden, der großen Trockenheit wegen. Abends und morgens stand der alte Bartus am Brunnen und verteilte selber das Wasser. Ehern und unbeweglich war sein Antlitz, obwohl der hölzerne Eimer nur noch die Hälfte gefüllt heraufkam. Ehern und unbeweglich blieben die starren Gesichter der Männer, die um den Brunnen standen und das empfangene, spärliche Wasser aus ihren Helmen schlürften. Jede Nacht träumte der alte Bartus vom rauschenden Gewitterregen, der klatschend auf die Dächer schlug, in Bächen von den Blättern troff und die leeren Zisternen bis zum Überlaufen füllte. Aber wenn er am Morgen erwachte, hing der Himmel goldig und stahlblau über dem Hockstein, und keine Wolke war zu sehen. Mehliger Staub und brennende Hitze lagen in der Luft, die Zunge klebte am Gaumen.

Es war, als atmeten selbst die Pflastersteine im Hof zehrende Gluten aus. Solange Bartus denken konnte, hatte er noch keinen solchen Sommer erlebt. Drei seiner Männer lagen krank in den Ställen.

Dabei sah man deutlich drüben auf der anderen Seite der Felsschlucht beim Feind die vollen Wassereimer kreisen. Ja, die Wachen drüben gossen aus Spott und Hohn das heilige Naß lachend in die Schlucht hinab, daß es in langen, silbernen Bändern auf den heißen Felsen klatschte. Ratimers Männer sahen es alle, und ihr Leib krampfte sich vor wildem Durst. Aber sie ließen sich nichts anmerken. Einer aus ihren Reihen legte den Bogen an und schoß dem Spötter und Wasserverschwender da drüben seinen Pfeil durch den Hals, daß er vornüber in die Schlucht fiel. Da zwangen sich die andern zum Lachen und sangen ein trutziges Lied, um den Feind zu täuschen.

Ratimer hörte es, und Stolz wuchs in seiner Seele.

Auch Jadwig hörte es in ihrer Kammer und wunderte sich über das Singen im Hof, denn sie wußte, wie es stand.

Nach drei Tagen gab der Brunnen im Hof kein Wasser mehr. Es war wie ein lähmendes Entsetzen, das über allen lag, als es bekannt wurde. Dann wich das Entsetzen dem Trotz. Dem altgermanischen Mannestrotz, der dem Tod fest ins Auge schaut, in welcher Gestalt er auch nahen mag.

Wie er jetzt kommen wollte, das war hart. Sie hätten ihn lieber in klirrender Waffe gesehen. Hier kam er zu langsam, zu schleichend. Er sah so dürr und vertrocknet aus, und seine Zunge lechzte nach Wasser.

Heimlich bei Nacht ließ man die verdursteten Toten an der Hinterwand des Felsens in die Schlucht hinab, damit es der Feind nicht sähe. Dann befahl Ratimer, daß man die Pferde töte. Voll Gier und Grauen tranken sie das heiße Blut.

Ratimer ging quer über den Hof zum alten Bartus.

„Ich will Bohlen über die Schlucht schlagen lassen, daß deine Frau und dein Kind und Jadwig sicher hinüber können. Gegen Frauen und Kinder führt Romuald keinen Krieg."

Aber Bartus Frau sah ihn aus brennenden Augen an.

„Meint Ihr, Ratimer, daß wir den Böhmen verraten wollen, wie es um den Hockstein steht? Was ihr Mannsleute könnt, können wir auch. Wir leben und sterben auf dem Hockstein."

Ratimer konnte nichts sagen, nur ihre Hände preßte er.

Aufrecht und stolz schritt er zu den Ställen. Aber sein Antlitz war grau, und die Augen lagen tief in den Höhlen. Als er bei seinen Männern vorbeikam, rissen die Ausgedörrten, zu Skeletten Abgemagerten, sich zusammen und sangen mit heiseren, gurgelnden Stimmen eines ihrer alten, wilden Lieder, daß es die Belagerer drüben hörten und erstaunt lauschten.

„Wie sie noch lustig sind auf dem Hockstein, und wir meinten, sie hätten kein Wasser mehr."

So sprachen die von jenseits der Schlucht untereinander, im Schatten liegend und die Kanne kreisen lassend.

Ratimers Hände zitterten, als er zu seinen Männern trat.

„Ich danke euch, ich danke euch. Aber Ratimer will euer Leben und euer Blut nicht. Ich lasse eine Brücke schlagen und bitte den Burggrafen um freien Abzug für euch. Noch ist es Zeit. Wer gehen will, soll gehen. Ich verarge es keinem, weil auf dem Hockstein bald ein furchtbares Sterben beginnen wird."

Da lachten sie ihn aus, mit matter, aber höhnender Stimme.

„Was Ihr könnt, Ratimer, können wir auch. Wir bleiben bei Euch bis in den Tod!"

Tief lagen Ratimers Augen in den Höhlen. Aber sie leuchteten hell. Er wußte es, daß sie alle den Hockstein mehr liebten als ihr Leben.

Da ging er die Treppe hinauf zu Jadwig. Sie stand an der Truhe und hatte einen Pergamentstreifen in der Hand. Als er hereinkam, fuhr sie zusammen.

Ratimer trat auf sie zu.

„Ich komme heute nicht, Euch in die Halle zu holen, um mir die Zeit zu verkürzen. Es ist ernst geworden. Denn wir haben kein Wasser mehr."

Sie sah ihn erstaunt an.

„Ihr scherzt, Ratimer, denn ich erhielt alle Tage mein Wasser zum Trinken."

Er nickte.

„So hatte ich es befohlen. Aber nun gibt der Brunnen keins mehr her."

Ihre Gestalt straffte sich. Sie warf den Kopf zurück.

„So müßt Ihr den Hockstein meinem Vater übergeben."

Er lächelte.

„Wenn der Hockstein fällt, fällt auch Ratimer. Ich kann nicht mehr in der Fremde leben oder in der Gefangenschaft. Meine Männer denken alle wie ich. Solange noch einer von uns atmet, kommt Romuald Niemans nicht über die Schlucht. Aber Ihr dürft hier nicht umkommen. Ihr seid von heute an frei, Jadwig. Ich lasse Euch Bohlen legen und zu Eurem Vater zurückgehen."

Sie sah ihn groß an. Dann sagte sie langsam - schwer: „Dazu ist es jetzt zu spät, Ratimer. Ich will kein Geschenk von Euch, das Euch die Not abzwingt."

Er lachte.

„Tut nicht so stolz, Jadwig. Sein Leben hat jeder nur einmal. Geht zurück, ehe es zu spät ist."

Er hatte einen Schritt vorwärts getan und stand jetzt dicht vor ihr. Sie erschrak über sein farbloses, ausgehungertes Gesicht. Es lag etwas Bittendes in seiner Stimme.

Sie trat einen Schritt zurück und legte die Hände ineinander.

„Es ist wundersam, Ratimer, und rätselvoll, dies Leben. Was ich von Euch vor einem Monat so flehend erbat, wollt Ihr mir nun gewähren. Und nun kann ich's nicht nehmen."

Er sah sie erstaunt an.

„Ich verstehe Euch nicht, Jadwig."

Ratimer sagte es halblaut, fast ängstlich. Ihn erschreckte das Verhalten der seltsamen Frau. Sie wies auf die beiden Stühle am Fenster.

„Setzt Euch, Ratimer. Ich will es Euch erklären."

Er setzte sich gehorsam ihr gegenüber in den tiefen Stuhl. Sie sah ihn fest an. Unter ihren schwarzen Augen lagen tiefe Schatten.

„Ihr habt mir einmal vor Jahren eine Bitte verweigert, im Wald, als wir noch jung waren. Es war nur eine kleine Bitte - daß Ihr vor mir knien möchtet. Bleibt ruhig sitzen, Ratimer, und laßt Euern Zorn, ich bin noch nicht fertig. Es lag von Kind auf heiß in meinen Blut - daß - wer mir eine Bitte nicht erfüllte - denn ich bat selten - mein Feind wurde. Seit dem Tag wurde ich Euch feind, Ratimer. Ihr gingt dann in die Fremde, weil Ihr die Burgen verlort. Damals schwur ich mir, Euch niemals wieder zu bitten. Ich habe meinen Schwur nicht gehalten. Es ist genau einen Monat her, als ich Euch unten im Herrensaal bat, mich freizulassen. Denn ich sah, was kommen würde, aber Ihr lachtet über meine Bitte und behieltet mich auf dem Hockstein. Da wurde ich Euch abermals feind. Weil ich zum zweitenmal eine Niederlage vor Euch erlitt. Und das erträgt Jadwig nicht. Ich schwur's mir selber in meiner Seele tiefsten Tiefen und vor dem Heiligenbilde Eurer Mutter, Rache an Euch zu nehmen."

Ihr Gesicht war wie Stein.

„Nichts Geringeres habe ich mir geschworen, Ratimer, als Euch zu vernichten und den Hockstein dazu. Nun seht Ihr wohl, daß ich von Euch kein Gnadengeschenk annehmen kann, und wäre es selbst meine Freiheit."

Er sah sie unbeweglich an.

„Ihr werdet verdursten, Jadwig."

Sie zuckte die Achseln.

„Das ist mir gleich. Ihr müßt ja auch alle verdursten, ihr vom Hockstein."

Es arbeitete in seinem Gesicht.

„Aber ich will es nicht, Jadwig, daß Ihr durch mich leidet."

Sie lachte.

„Wer sagt Euch, daß ich leide?"

Er sprang auf.

„Seid nicht eigensinnig, Jadwig, Ihr sollt gerettet werden. Ich selber rufe es Eurem Vater hinüber."

Sie biß die Zähne zusammen.

„Das tut Ihr nicht, ich will kein Geschenk von Euch."

Er schüttelte den blonden Kopf.

„Ihr seid sehr sonderbar, Jadwig."

Ihr Atem keuchte. Sie trat einen Schritt näher zu ihm.

„Aber versteht Ihr das denn nicht, Ratimer?"

Er sah ihr lange in die Augen, als sänne er nach. Dann sagte er langsam: „Vielleicht verstehe ich Euch, Jadwig. Ich möchte auch kein Geschenk von meinem Feind."

Sie atmete tief auf.

„Seht Ihr, deshalb kann ich auch jetzt nicht zu meinem Vater gehen."

Er lächelte.

„Aber auch nicht dem Hockstein schaden."

Ihre Lippen, die weiß waren wie die Kalkwand, zitterten.

„Wißt Ihr das so genau, Ratimer?"

Er zuckte die Achseln. Dann drehte er sich kurz um und ging aus der Tür.

Bleiern und wolkenlos hing der Himmel über der Erde. Es war am Abend. Vom Hof klang ein mattes Stöhnen und Jammern nach Wasser. Es waren die Kranken, die sich mit aufgesprungenen, verdörrten Lippen im Stroh wanden. Sie waren nun über acht Tage ganz ohne Wasser. Es gab keinen Wein mehr im Keller und kein Roßblut im Stall. Wie die Irren gingen sie aneinander vorüber - taumelnd - die Gesichter verzerrt.

In der Nacht war des Pförtners Kind gestorben. Die Mutter weinte nicht. Ihr Gesicht war hart.

„Es ist besser hier auf dem Hockstein als in Feindes Hand."

Jadwig schritt wankend über den Hof. Schneeweiß und eingefallen war ihr Antlitz. In schweren, schwarzen Wellen hing ihr loses Haar über die Schultern. Sie hatte nicht mehr die Kraft, es aufzustecken.

Sie ging ans Tor, das zur Schlucht führte, und sah durch die Luke. Am Felshang stand ein Mann ihres Vaters und hielt Wache. Da raffte sie von der Erde Pfeil und Bogen auf, den ein Kranker oder Sterbender verloren hatte, und riß einen Streifen Pergament aus ihrem Kleid. Mit dem Pfeil schoß sie das Papier hinüber, so daß es vor die Füße der Wache fiel.

Sie wollte etwas rufen, aber sie vermochte es nicht mehr. Quer über den Hof ging sie zurück bis jenseits zur anderen Mauer. Sie ging schwankend mit halbgeschlossenen Augen. Sie trat hart an die Mauer, stützte sich auf den steinernen Rand, und beugte sich vornüber, immer weiter, immer tiefer, so daß ihre Augen die senkrechte Felswand sahen, die hier die Luft durchschnitt. Sie hob sich auf den Fußspitzen und schob sich vornüber. In schwarzen Wellen fielen ihre Haare über das Gesicht. Tief im Grund stand der Tod und winkte ihr.

Da fühlte sie zwei stahlharte Arme um ihren Leib, die sie jäh zurückrissen. Sie fuhr herum und preßte ihre Hände gegen die Brust des andern.

„Was wollt Ihr von mir, Ratimer?"

Es kam wie ein Stöhnen von ihren blutlosen Lippen.

Er nahm sie auf die Arme wie ein kleines Kind und trug sie über den Hof. Im Herrensaal ließ er sie in den großen Stuhl am Fenster niedersinken. Seine

Augen, die tief in den Höhlen lagen, und sein hageres Gesicht, in dem man jeden Muskel sah, waren dicht über ihr.

Er strich ihr das wirre Haar aus der Stirn, dabei zitterten seine Hände.

„Was wolltet Ihr tun, Jadwig?"

Sie sah sich hilfesuchend um.

„Laßt mich, o, laßt mich gehen! Ich muß fort, ich muß ja fort!"

Sie wollte aufstehen, aber sie war zu matt. Schwankend griff sie nach einem Halt. Er hielt sie stützend mit seinem Arm.

Da fiel ihr Haupt hintenüber an seine Schulter. Ihre Augen schlossen sich. Aber ihre Lippen murmelten unaufhörlich: „Ich muß fort – ich muß ja fort!"

Wieder legte er sie sanft in den Stuhl zurück. Doch so, daß ihr Haupt an seiner Schulter blieb.

„Ihr sollt ja auch fort, Jadwig. Ich lasse es Eurem Vater hinüberrufen, daß man Bohlen schlägt und Euch holt."

Ein Zucken ging durch ihren Körper.

„Nicht so will ich gehen – nicht so. Ich – will – nichts geschenkt – von Ratimer."

Er strich ihr weich über die Stirn.

„Ihr seid krank, Jadwig. Ihr müßt heute noch fort."

Da raffte sie sich mit ihrer letzten Kraft auf. Starr sahen ihre Augen auf sein eingefallenes Gesicht.

„Ihr dürft nicht gut zu mir sein, Ratimer. Denn ich erbitte Tag und Nacht Böses für Euch. Ich schoß eben meinem Vater eine Botschaft hinüber, daß er Feuer auf den Hockstein werfen soll, weil Jadwig dann nicht mehr lebt. Ich muß in den Tod, damit – der Hockstein – fällt."

Sie keuchte. Noch einmal bäumte sie sich auf und versuchte sich loszureißen. Dann schwanden ihre Sinne.

Wieder nahm Ratimer sie auf seine Arme, trug sie ins Nebenzimmer und legte sie auf das große Bärenfell, das sein Bett bedeckte. Dann sah er sich ratlos um.

Sollte sie hier sterben, verdursten, vor seinen Augen? Durch seine Schuld?

Er sah sie an.

Regungslos lag sie mit geschlossenen Augen, weiß bis in die Lippen wie der Tod. Wie ein Mantel lagen die schwarzen Haare um sie.

Er setzte sich zu Füßen des Bettes und nahm sein Schwert über die Knie. Wenn sie hier durch seine Schuld sterben mußte, so wollte er bei ihr Totenwacht halten.

Wie schön sie war und wie stolz! Nichts geschenkt wollte sie haben von ihm, dem wilden Ratimer. Weil er ihr Feind war. In den Tod hatte sie gehen wollen über die Mauer, daß ihr Vater den Hockstein verbrennen konnte, ohne sein Kind zu treffen.

O, sie war wohl eine herrliche Frau, die Mannesmut in ihrer Seele trug.

Er sah sie schlafend im grünen Gras unter Blumen. Und es kam ihn eine wilde Sehnsucht an, diese weißen Lippen zu küssen.

Einmal nur vorm Tode. Aber lebte sie denn noch? Er kniete vor ihrem Lager nieder und legte sein Ohr auf ihre Brust. In matten, schwachen Schlägen ging ihr Herz, daß er's kaum mehr hörte.

„Jadwig!" flüsterte er zitternd – „o sterbt mir nicht, süße Frau!"

Sie rührte sich nicht.

Nun mußte sie doch sterben durch seine Schuld. Weil er so voll Trotz und Übermut war. Weil er den Hockstein mehr geliebt hatte als alles in der Welt.

Er beugte sich über ihr Antlitz. Er hätte in diesem Augenblick sein Herzblut für sie geben mögen.

Da fuhr er auf. Ja, das ging. Das könnte ihr ein wenig Linderung bringen in ihrer Qual des Durstes.

Mit dem Hirschfänger ritzte er seinen Arm, bis das Blut hervorsprang. Die offene Wunde hielt er an ihre Lippen, so daß das Naß in ihren Mund träufelte.

Da holte sie tief Atem und schlug die Augen auf, matt und verträumt. Dann drehte sie den Kopf und schlief ein.

Regungslos hielt Ratimer Wache.

*

10

Die Juninacht stieg silbern über den Hockstein. Weiß lag das Mondlicht auf dem Hof und den trutzigen Burgmauern. Am Hang entlang, wo spärlich das Gras wuchs, kroch ein röchelnder Mann und sog mit verdörrten Lippen den Nachttau vom Rasen. Die anderen lagen auf dem Pflaster und starrten in die mondhelle Nacht. An der hinteren Mauer ließ der alte Bartus mit zitternden Händen wieder einen Toten hinab. Dann setzte er sich auf den Mauerrand und suchte mit seinen heißen, von Staub entzündeten Augen den Himmel ab, nach einem einzigen Wölklein. Am Ziehbrunnen knarrte die Kette.
Zum hundertsten Male ließ einer der Männer vergeblich den Eimer in die Tiefe, in heißer Gier zum Grund spähend, wenn er ihn aus dem Dunkel wieder emporzog. Es war immer dasselbe Bild. Mit den dürren, vertrockneten Fingern tastete er in den leeren Eimer nach einem winzigen Tröpflein Wasser. Aber es war jetzt auch nicht einmal mehr Schlamm darin, nur Steine - nichts als zerbröckelte Steine auf dem Boden. Dann ließ er mit einem Fluch den Eimer wieder in die Tiefe sausen, daß er hart da unten aufschlug. Müde drehte ihm einer den Kopf mit den glasigen Augen zu.

„Darfst jetzt nicht fluchen. Die Heiligen zürnen uns schon genug."

Und er riß den klappernden Rosenkranz an die blutleeren Lippen und krampfte die Hände zum Gebet zusammen.

Die Nacht brachte keine Kühlung. Schwer und schwül war die Luft. Oben in seinem Zimmer saß Ratimer regungslos, das Schwert auf den Knien. Er saß wie versteinert. Nur wenn Jadwig sich bewegte und nach Wasser stöhnte, kam Leben in ihn. Dann hielt er ihr den Arm an die Lippen, aus dem das Blut floß. Und ihre Lippen bewegten sich - und sie schluckte mit geschlossenen Augen.

So rang er an ihrem Lager mit dem Tod, der Verdursten hieß. Und merkte nicht, daß hierbei seine eigenen Kräfte schwanden. Daß er sich jedesmal schwerer und langsamer erhob, wenn sie um Wasser bat.

In dieser Juninacht ging auf dem Hockstein der Tod um. Aber keinen der Männer kam ein Murren an. Keiner wiegte den süßen Gedanken, die Schlucht zu überbrücken und dahin zu gelangen, wo es Wasser gab. Und doch würde Ratimer es keinem verübeln, er hatte es ihnen ja selbst angeboten. Jedem einzigen unter ihnen wäre solch ein Gedanke Frevel gewesen, Verrat an Ratimer, auf den sie jahrelang gewartet hatten, und am Hockstein. Sie sahen den Tod mit vertrockneter Kehle schleichend über die Mauer kriechen, und sie rangen mit ihm. Aber sie liefen nicht fort vor ihm.

Über den alten Bartus war es wie eine Ohnmacht gekommen. Aber nur minutenlang. Dann raffte er sich wieder hoch. Er mußte ja achtgeben auf die Wolke, die Wolke, nach der sie alle schrien. Aber sein Kopf nickte taumelnd, seine Augen schlossen sich. Er war so müde - so müde.

Er träumte, daß mit furchtbarem Krach der ganze Hockstein in die Tiefe sänke. Und das Krachen und Poltern währte immer noch und wollte kein Ende nehmen. Er fuhr auf und rieb sich die entzündeten Augen. Dann riß er sie auf, so weit er konnte. Und dann beugte er den Oberkörper vor und lauschte in die Nacht. Bei allen Heiligen! Es rollte immer noch in der Ferne. Im Westen türmte sich eine schwarze Wolkenwand, die schob sich näher und näher. Schier unerträglich war die bleierne Schwüle ringsum geworden. Ein Sternlein nach dem andern löschte sein Licht aus, aber aus der Wolkenwand zuckte es, gelb und schwefelfarben.

Regungslos saß der Bartus, weit vornübergebeugt – und lauschte und starrte. Das Hemd vorn über der braunen Brust hing in Fetzen, die weißen Haare standen steil empor. Alles, alles in ihm und an ihm war banges, zitterndes, jauchzendes Warten. Sollte Gott ihre Not erhört haben? Sollte endlich, endlich der Regen kommen? Der den Dursttod verjagende, heilige Regen? Er wagte nicht, zu denken, wagte nicht, sich zu rühren. War es nicht oft schon so gewesen in diesen letzten zwei Monaten, daß Wolken heraufzogen, Wolken vorüberzogen, ohne Regen zu bringen? Wenn auch heute wieder die Wolkenwand sie äffen und höhnen wollte?

Aber sie kam näher. Ein pfeifender Windstoß fuhr über den Fels und riß an des alten Mannes langem weißen Bart.

Er rührte sich nicht. Seine glasigen Augen, seine welken Lippen, seine dürren Hände schrien zum Himmel nach Wasser.

Langsam, schleichend kamen sie über die Steine

gekrochen. Mann für Mann schleppte sich zur Mauer, wo der weite Ausblick war. Denn sie hatten alle den fernen, dumpfen Donner gehört. Keiner sprach ein Wort. Schweigend starrten alle nach Westen. Denn von daher kam das Leben, das reiche, strömende, jauchzende Leben.

Pfeifend fuhr ein zweiter Windstoß über die Felsplatte. Ein flammender Blitz durchschnitt die westliche Nacht. Krachend folgte der Donner, als wollte er die Felsen zerreißen zum jüngsten Gericht.

Und dann kam es. Zuerst in schweren, wenigen Tropfen. Dann in solchen Strömen, als zerrissen unsichtbare Schleusen da oben. Und sie hoben die welken, verdörrten Hände zum Himmel und tranken – und tranken. –

Ratimer war an Jadwigs Lager eingeschlafen. Das Schwert war ihm entglitten und polternd zu Boden gefallen. Er hatte es nicht gemerkt.

Mit brausender Gewalt zog das Gewitter herauf und rüttelte am Hockstein. Er merkte es nicht. Wunderbarer heiliger Regen schlug gegen Fenster und Türen. Er merkte es nicht.

Der alte Bartus tastete sich über die Schwelle, denn es war finster geworden. Seine weißen Haare und sein zerrissenes Hemd trieften. Aber seine Augen leuchteten. In den dürren, braunen Händen hielt er einen Becher klaren Regenwassers. Den hob er im jähen Schein der flammenden Blitze seinem Herrn an die Lippen. Halb im betäubenden Schlaf der Ermattung trank Ratimer in gierigen Zügen den Becher leer.

Dann wurde er ganz wach und lauschte. Und es kam wie eine jauchzende Trunkenheit über ihn, als er den Regen gegen die Mauern klatschen hörte. Süßere Musik hatte sein Ohr noch nie vernommen. Dann fiel ihm Jadwig ein. Aber schon hatte der alte Bartus den zweiten Becher Wasser gebracht und hielt ihn an ihre Lippen. Sie trank in tiefen, durstigen Zügen.

Da konnte Ratimer nicht anders. Er fiel in die Knie und hob die gefalteten Hände an die Brust. So blieb er sekundenlang. Nur seine Lippen bewegten sich.

Jadwig richtete sich auf ihrem Lager halb empor und sah ihn groß an.

„Nun habe ich Euch zum ersten Male kniend gesehen, Ratimer."

Er stand langsam auf und sagte ernst: „Ich habe noch nie vor Menschen gekniet. Aber vor Gott knien auch Könige."

Dann ging er festen, stolzen Schrittes die Stiegen hinunter auf den Hof. Hier sah es wunderbar aus. Alles, was an Gefäßen, Eimern, Bechern, Humpen und Schalen in der Burg war, hatten sie mitten auf den Hof geschleppt, taumelnd vor Wonne und Glück über das wunderbare Naß, aus Furcht, der Regen könnte wieder nachlassen und sie hätten noch nicht genügend Wasser aufgefangen.

Die Männer saßen alle in ihren triefenden Kleidern auf den Steinstufen. Trinken konnten sie nicht mehr, nun mußten sie das Wasser fühlen.

Die Kranken hatten sie aus den Ställen herausgetragen in den Regen, die lagen mit seligem Gesicht und weit offenem Mund auf dem Rücken. Es regnete immer noch.

Ratimer kam die Stufen hinab. Jedem einzelnen

streckte er die Hand hin. Sie hingen sich an ihn und küßten seine Hände. Ihre Augen, die eben noch fast erloschen in den Höhlen gelegen waren, funkelten jetzt.

„Gott ist mit uns und dem Hockstein!"
„Es lebe Herr Ratimer und der Hockstein!"
So klang es durcheinander.
Alles Leid und alle Not der letzten Tage war vergessen.

Ratimer ging durch ihre Reihen hin zu den Zisternen, in deren steinernen, ausgemauerten Tiefen sich das Regenwasser von allen Seiten strömend sammelte. Denn alle Röhren von den Dächern und der Mauer liefen hier zusammen.

Da trat der alte Bartus zu ihm.
„Herr, Ihr blutet ja am Arm, laßt mich Euch verbinden."
Ratimer lachte.
„Die Schramme ist wohl nicht der Rede wert. Aber wie du willst, Alter."

Dann ging er wieder hinauf zu Jadwig. Die lag noch immer in tiefem, todähnlichen Schlaf. Die große Ermattung der letzten furchtbaren Tage forderte ihr Recht. Er legte sich zu Füßen des Lagers auf die Dielen und schlief in wenigen Minuten traumlos und tief.

Es war spät am andern Morgen, als Jadwig erwachte. Sie wußte nicht, wo sie war, denn sie hatte ja noch nie Ratimers Zimmer betreten. Sie wagte nicht, sich zu rühren, denn sie glaubte, noch zu träumen. Scheu tasteten ihre Finger über das dunkle Bärenfell, auf dem sie lag. Verwundert hingen ihre Augen an den Waffen und Hörnern, die die Wände verzierten.

Durch das schmale offene Fenster strömte ein kühler Lufthauch, weicher, grauer Regen rieselte draußen unaufhörlich an der Öffnung vorüber.

Sie hörte deutlich, wie er unten auf die Pflastersteine des Hofes und auf die Mauer klatschte. Wo war sie nur? Sie richtete sich auf und fuhr sich mit der Hand über die Stirn. Richtig, so war es gewesen – große, große Hitze und Dürre und brennender Durst – und – sie gefangen auf dem Hockstein. Und jetzt?

Ein Zimmer, das sie nie zuvor betreten hatte – wunderbar süß klingender Regen – und in allen Gliedern ein so wohlig ausgeruhtes, sattes Gefühl.

Da fiel ihr Blick plötzlich auf den schlafenden Ratimer zu ihren Füßen. Sie wurde blaß. Dann schob sie sich vor – langsam, zitternd – und starrte regungslos auf den Schlafenden.

Sein Kopf lag weit hintenüber, die schmalen Lippen waren fest geschlossen. Naß war das blonde Haar und naß auch die Jacke, die vorne über der Brust offen stand. Plötzlich – als fühle er ihren Blick, warf er sich herum und schlug die Augen auf. Ein Lächeln lag um seine Lippen.

„Jadwig, es regnet."

Sie nickte nur, schwer und langsam.

Er stützte den Kopf auf den Ellbogen und lachte.

„Jadwig, nun können wir den Hockstein wieder ein Weilchen halten."

Sie sah ihn groß an.

„Ein Weilchen, und dann?"

Er zuckte die Achseln.

„Ich habe jetzt frohen Mut. Die Heiligen können immer wieder regnen lassen."

Sie stand auf und stand so vor ihm, steil - blaß - die schwarzen Haare wie ein Mantel um sie her.

„Ratimer, wißt Ihr, was ich meinem Vater schrieb?"

Er nickte, immer noch auf dem Rücken liegend und dem Regen lauschend.

„Er soll den Hockstein verbrennen und sich nicht mehr um Euch sorgen, weil Ihr dann nicht mehr am Leben seid. War's nicht so?"

„So war es. Und der Burggraf vom Königstein tut, was seine Tochter will. Man wird Feuer auf den Hockstein werfen."

Ratimer sprang jetzt auf und schüttelte sich die Regentropfen von der Jacke, daß es spritzte.

„Mag der Burggraf doch Feuer werfen. Es trieft ja von den Dächern und Türmen."

Sie wiegte den Kopf.

„Einmal wird der Regen aufhören, Ratimer, und das Naß trocknen."

„Hm, dann stelle ich Euch auf die Mauer, Jadwig, daß Euer Vater sieht, daß Ihr noch am Leben seid."

Sie trat einen Schritt vor. Ihre Augen flammten.

„Das werdet Ihr nicht tun."

Er lachte.

„Wollt Ihr mir's verwehren?"

Sie biß die Zähne zusammen.

„Ja, ich verwehr's Euch."

Eine jauchzende Lust überkam ihn, als er die Frau so stolz und herrisch da vor sich stehen sah.

Mit einem einzigen Schritt war er bei ihr und preßte ihren Kopf zwischen seine sehnigen Hände.

„Du süße, stolze Frau, wie willst Du mir das verwehren?"

Ihren Mund küßte er – heiß – sekundenlang.

Es war ein Lachen in seiner Seele, denn in eisernen Händen hielt er die, an die er wider Willen Tag und Nacht denken mußte.

An die Mauern schlug rieselnd und eintönig der graue Regen.

*

11

Goldene Junisonne spiegelte sich in den glitzernden Regentropfen, die an den Grashalmen und Blättern hingen. Über dem Hockstein stand leuchtend ein Regenbogen. Ratimer ging die große Mauer entlang zum Ausblick ins Polenztal. Es hatte drei Tage ununterbrochen geregnet, weiß dampfte die Erde der Morgensonne entgegen. Ratimer ging langsam, in schweren Gedanken. Sein musternder Blick flog über Mauern, Türme und Tor. Dann setzte er sich auf die Steine am Ausblick und sog den Duft des jungen triefenden Sommermorgens in sich hinein. Entblättert hingen die Heckenrosen am Felsvorhang, die Regenschauer hatten ihre rosige Pracht in die Tiefe gewirbelt.

Ratimer starrte in den Regenbogen und fuhr sich über die Stirn. Er dachte an Jadwig. Er dachte daran, wie er sie vor drei Tagen in den Armen gehalten und geküßt hatte.

O, wie waren ihre bleichen Lippen so süß gewesen! Und doch gäbe er heute viel darum, wenn er's nie getan hätte. Denn es hatte ihren Zorn geweckt und seine Sehnsucht.

Ratimer hatte zuvor nie gewußt, daß ein Mann so leiden könnte an der Sehnsucht nach der Frau, die er liebte. Und Ratimer wußte es von dem Augenblick an, daß er Jadwig liebte. Daß seine Seele von ihr träumte, wenn er sie nicht sah.

Er kämpfte gegen diese Liebe. Denn er fühlte es unbewußt, daß sie ihm zum Verderben würde. Denn es konnte geschehen, daß er darüber den Hockstein vergaß.

Ratimer war zornig über sich selber. Was machte ihm eine Frau so zu schaffen? Durfte er überhaupt eine Frau lieben - er - der wilde, heimatlose - belagerte Mann? War nicht der Hockstein seine Liebe?

Er wälzte sich nachts auf seinem Lager und konnte keine Ruhe finden, so jagten ihn die Gedanken. War er nicht Herr auf dem Hockstein? Und war sie nicht seine Gefangene? Hatte er nicht die Macht über sie und konnte sie zwingen, seine Frau zu werden?

Ratimer lachte auf. Was nützte ihm eine Frau, deren Seele ihm fremd war, deren Seele nicht sein war, die ihn haßte? Freiwillig mußte sie kommen und ihm ihre Liebe bringen.

O, es mußte ein wundersames Geschenk sein, diese Liebe von Jadwig! Hehr und stark und gewaltig mußte diese Liebe sein, so wie sie selber war. Nicht betteln wollte er um ihre Liebe. Ratimer hatte nie betteln gekonnt. Aber auch nicht ertrotzen wollte er sie sich oder mit Gewalt erzwingen.

Sie war ihm heilig. Und Ratimer wußte es wohl, daß sich Liebe nicht zwingen läßt. Denn es ist nichts süßer unter dem Himmel und nichts Heiligeres und Gewaltigeres als die Liebe, die Mann und Frau miteinander eint. Aber es ist auch nichts zarter und zerbrechlicher. Und wer mit roher Hand in dies wunderbare Gewebe zwischen Seele und Seele hineingreift - der zerreißt es jäh, daß es sich nie mehr zusammenknüpfen läßt.

Die Liebe ist das tiefste Weh und das höchste Glück zugleich. Sie kommt ohne unseren Willen und unser Zutun. Sie kann über uns kommen, ohne daß wir selbst es merken.

Dann beginnt ein Ringen auf Tod und Leben. Denn wir wehren uns dagegen, weil wir fühlen, daß sie uns Leiden schafft. Unser Stolz wehrt sich dagegen, weil die Liebe uns weich und klein macht und unser Ich in Banden schlägt. Denn sie lähmt unsere Kraft und macht uns trunken vor Sehnsucht. Sie ringt mit dem König und mit dem Bettler und macht ihn schwach. Und ist doch selber stark wie der Tod. Beim Aufgang der Sonne, wenn die Blumen tief atmend ihre leuchtenden Kelche dem flammenden Licht öffnen – beim träumenden Schein der Sterne zur Mitternachtsstunde, wenn die Wellen im Schlaf um die Wasserrosen gehen – geht die Liebe um und haucht den Menschen ins Ohr, wie süß sie sei. Dann steht sie vor der Tür deiner Seele und pocht und pocht und begehrt Einlaß. Du stemmst dich dagegen und zitterst und willst hart sein, aber sie ist mächtiger als du – stärker als du und dein Stolz.

Sie sprengt die Tür deiner Seele und überschwemmt dich mit urgewaltigen Kräften. Heilig und keusch ist ihre Flamme. Du darfst sie nicht mit unreinen Händen berühren. Denn die Liebe ist heilig, weil sie von Gott kommt. Wer ihre Flamme wie ein Priester auf dem Altar seiner Seele hütet, dem verleiht sie weltenbezwingende Macht – schicksalwendende Kraft.

Wer aber mit ihr spielt und sie zum Ball seiner Launen und Gelüste macht, den vernichtet sie.

Seit Anbeginn der Welt macht sie den Menschen zu schaffen, weil viele ihre Heiligkeit vergessen. Darum leiden sie so.

Immer noch saß Ratimer auf der Mauer und dachte an Jadwig und seine Liebe. Es war eine große Not in ihm, und er rang wie ein Kämpfender.

Endlich stand er auf. Mit festen Schritten ging er in den Saal zum Fenster, wo seine Fiedel lag. Auf ihr hatte er alle Abende gespielt. Das hatte ihn weich und krank gemacht. Ratimer nahm die Fiedel und zerbrach sie, daß das Holz klingend auf den Boden fiel.

An der Wand hing sein Schwert. Das nahm er herab und fuhr mit dem Finger prüfend über die Klinge.

Immer heller und wärmer schien draußen die Sonne, immer jubelnder und schmetternder sangen die Vögel. Als die Sonne im Zenit stand, hatte sie schon alle Nässe von den Dächern geküßt.

Da kam der alte Bartus zu Ratimer.

„Herr, sie richten im feindlichen Lager Brandpfeile. Es wird nicht lange dauern, dann schießen sie uns das Feuer in den Hockstein. Romuald hat die Geduld verloren und denkt nicht mehr an seine Tochter."

Ratimer runzelte die Stirn und sah aus dem Fenster auf den Hof, wo die Pfützen immer kleiner und kleiner wurden.

„Romuald denkt, daß seine Tochter tot sei, und macht darum Ernst. Sie hat ihm eine Botschaft hinübergeschossen."

Bartus stampfte mit dem Fuß auf.

„Der Teufel hole Jadwig! Jetzt muß Romuald zu wissen bekommen, daß sie noch lebt. Ihr müßt sie auf die Mauer stellen und ihm selber zeigen."

Ratimer lachte.

„Das wird sie nicht wollen."

„Wollen? Hat eine Gefangene überhaupt einen Willen? Nein, Herr, Ihr seid zu gut mit ihr. Warum habt Ihr sie denn auf die Burg gebracht? Doch, um durch sie den Hockstein zu halten. Jetzt ist's an der Zeit. Nutzt es aus, ihrem Vater gegenüber, ehe sie Feuer auf uns werfen. Niemand wird sein einziges Kind verbrennen wollen."

Unschlüssig sah Ratimer vor sich hin. Dann hob er den Kopf.

„Ich will zu ihr gehen und es ihr sagen, Bartus."

Damit ging er aus der Tür.

Jadwig saß wie versteinert in ihrem Turmzimmer und starrte vor sich nieder auf die rohen, hölzernen Dielen. Sie fühlte, wie die Sonne höher stieg und goldene Ringe auf ihr schwarzes Haar warf. Aber sie sah nicht auf. Not und Kummer standen in ihrem Antlitz hart beieinander. Jadwigs Stolz war geschändet, seit Ratimer sie geküßt hatte. Nun brannte Tag und Nacht nur ein einziger Gedanke in ihrer Seele: Rache an Ratimer!

O, daß sie frei wäre! Sie war hier so wehrlos ihm gegenüber. Zum hundertsten Male glitten ihre Hände über das vergitterte Fenster. Sie konnte nicht hinaus, man bewachte sie jetzt scharf.

Sie schlug die Hände vor das Gesicht. O, Ratimer, warum tatet ihr das? Nun muß Jadwig vom Königstein ihre Ehre rächen. O, Ratimer, das schafft uns beiden große und bittere Not! Euere heißen Küsse entfachten mein Blut und meinen Zorn zu wildem Rasen. Es gibt nur noch eins zwischen uns, das ist Kampf auf Tod und Leben!

Es geht nicht mehr um Böhmen und Deutschland, um den Königstein und den Hockstein, daß die Männer gegeneinander stehen auf jeder Seite der Schlucht. Es geht um Ratimer und Jadwig, daß sie kämpfen werden, bis keiner mehr lebt. Es geht um Jadwigs Ehre, daß sie Feuer auf den Hockstein werfen und keinen Stein auf dem anderen lassen. Es geht um Jadwigs Ehre, daß sie eiserne Panzer um ihr Herz schmiedet und kein Mitleid mit Ratimer vom Hockstein aufkommen läßt.

Nun will sie auch nicht mehr sterben wie zuvor. Nun will sie leben. Leben, um sich zu rächen. Die vom Königstein haben von jeher ihre Ehre höher gestellt als alles in der Welt.

Das kann auch sie. Denn sie ist von demselben wilden Stamm und Blut. Höher als ihr Leben und ihre Seligkeit steht ihre Ehre.

Und die hat Ratimer ihr genommen, und wenn es auch nur mit einem Kuß war.

Nichts weiter war geschehen, als daß er sie mit eisernem Arm zwang, ihm ihre Lippen zu lassen. Nichts weiter. Aber für Jadwig war es genug. Nun mußte Ratimer sterben.

Unbeweglich saß sie da und starrte auf die rohen, hölzernen Dielen. Kein Blut war in ihrem Gesicht und ihren eiskalten Händen.

Da ging die Tür auf. Vor ihr stand Ratimer. Sie sah nicht auf, aber sie wußte es.

Er spielte mit seinem Hirschfänger und sah an ihr vorbei aus dem Fenster.

„Jadwig, hört mich einen Augenblick an. Ich habe eine Bitte an Euch."

Jetzt sah sie auf.

„Ich meinte, wann Ratimer vom Hockstein schon nicht die Ehre seines Gastes - denn Ihr habt damals gesagt, ich sei Euer Gast und nicht Eure Gefangene - zu schützen wußte, so würde er doch zu stolz sein, auch noch mit einer Bitte zu mir zu kommen."

Er biß sich auf die Lippe. Über sein Gesicht sprang eine jähe Röte.

„Gut, so will ich nun nicht bitten sondern fordern. Ihr zwingt mich dazu."

Ihr Gesicht war wie Eis. Nur in ihren Augen brannte ein Feuer.

„Ich weiß, warum Ihr kommt, Ratimer. Sie richten Brandpfeile drüben im Lager. Nun habt Ihr Angst um den Hockstein. Ich soll mich wohl auf der Mauer fein säuberlich niederknien und den Vater anflehen, Euch zu schonen. Es ist zum Lachen, Ratimer."

Und sie lachte kalt und fremd.

Sein Blut begann zu sieden bei ihrem Spott.

„Jadwig, ich kam ohne Spott und als ein Bittender zu Euch. Das ist nun vorbei! Ich werde Euch zwingen, zu tun, was ich will und was für den Hockstein gut ist."

Sie hatte die Zähne zusammengepreßt.

„Es ist mir nichts Neues, was Ihr tun wollt. Ihr tatet mir schon einmal Gewalt an. Ihr habt's wohl in der Fremde gelernt, wehrlose Frauen zu Eurem Vorteil auszunutzen? Im Elbgau kannte man solches bisher noch nicht."

Er packte sie am Handgelenk.

„Sagt das nicht noch einmal, Jadwig. Ich rühre Euch nicht an, wenn Ihr es nicht wollt, denn Ihr seid mir heilig."

Wieder lachte sie auf.

„Das habe ich gemerkt, als Ihr mich vor drei Tagen umfingt. Ihr habt ja die Gewalt."

Er ließ sie los und trat langsam zurück, Schritt um Schritt.

„Ich rühre - Euch nicht mehr an - bei Gott! Und es darf Euch niemand vom Hockstein zwingen, auf die Mauer zu gehen. Ich hab Euch die Freiheit schenken wollen - damals, als die große Dürre war. Denn ich wollte nicht, daß Ihr hier verschmachtet. Ihr habe es nicht gewollt, weil Ihr nichts von mir geschenkt mochtet. Ihr habt recht, es war kindisch von mir, Euch um etwas zu bitten. Nun will auch ich nichts geschenkt von Euch. Ich will den Hockstein halten, solange mein Atem geht, auch ohne Euer Zutun."

Er wollte gehen. Da stürzte ihm der alte Bartus an der Tür entgegen.

„Herr, sie haben die ersten Brandpfeile über die Mauer geschossen. Ich habe überall Wachen aufstellen lassen mit Wasser zum Löschen. Nun nehmt Jadwig auf den Arm und zeigt sie dem Burggrafen, daß er das Brennen läßt."

Ratimer war blaß geworden.

„Jadwig bleibt hier und kommt nicht auf die Mauer, solange ich Herr vom Hockstein bin. Wo Männer kämpfen, braucht es keine Frau."

Er stampfte die Treppe hinunter.

Der alte Bartus knirschte mit den Zähnen.

„Nun muß wegen Ratimers Stolz der Hockstein

fallen. Fluch über Jadwig, die ihn in Zauber schlug."

Auf den Hockstein fielen zischend die Pfeile mit dem brennenden Stroh.

Jadwig rührte sich nicht.

*

12

E s war zwei Tage später.
Die Männer auf dem Hockstein hatten Tag und Nacht kein Auge zugetan. Denn wenn sie nicht achtgaben, zuckten heimlich an zehn, zwanzig Stellen zugleich lodernde Flämmchen auf den Dächern empor. Ja, die hölzernen Schindeln vom Pferdestall waren von den brennenden Pechpfeilen schon schwarz versengt, die man von jenseits der Schlucht in immer größeren Mengen herüberschoß. Und sobald ein Flämmchen aufzuckte, mußte ein Hocksteiner hinauf und es löschen. Das war lebensgefährlich, denn er wurde sofort zur Zielscheibe von vielen Pfeilen. Sie mußten diese letzten Nächte wieder manchen toten Mann die Mauer hinablassen in den Abgrund.

Nicht am Durst starben sie jetzt, sondern an den spitzen, heimtückischen Pfeilen des Feindes, der gut geschützt aus dem Hinterhalt schoß.

In der Regenzeit war viel Wasser gesammelt worden, und doch wurde es bei dem steten Löschen immer knapper und knapper. Noch gab der Brunnen Wasser, aber wie lange? Noch gab es mutige Männer, die, sorgsam mit dem Schild sich deckend, auf die Dächer und Türme kletterten, die roten Flammenzungen zu ersticken. Aber immer mehr schmolz ihr Häuflein zusammen. Das konnte Ratimer nicht mehr mit ansehen.

Zwölf Männer waren sie nur noch auf dem Hockstein. Da gab Ratimer den Befehl, die Dächer der Stallungen nicht mehr zu löschen. Es war ja doch kein Vieh mehr darin. Und alles, was aus Holz war, brennen zu lassen. Weil sie das immer spärlicher werdende Wasser jetzt nötiger zum Leben brauchten als zum Löschen.

Im steingemauerten Kellergewölbe wollten sie sich vor den Flammen verbergen. Dahinein konnte das Feuer nicht kommen. Mochten oben die Dächer und Dielen verkohlen und zusammenstürzen, die steinernen Grundmauern hielten fest.

Sie schleppten alles, was sie nötig hatten an Waffen, Essen und Trinken in die Kellergewölbe. Die waren tief und kühl und weit in den Fels hineingehauen. Hier wollten die zwölf Letzten vom Hockstein dem Feinde trotzen und ihr Ende erwarten. Hier ließ Ratimer auch Jadwig hinabbringen, denn ihr Leben war oben im Turmzimmer von den Flammen gefährdet.

Wieder senkte sich eine traumhaft süße, lichte Juninacht auf den Hockstein. Im tiefsten und weitesten felsgehauenen Keller saßen die beiden Frauen. Über ihnen schlugen die Flammen des Hocksteins zum Nachthimmel empor. Hart mit ihren Körpern an die Innenwand der steinernen Ringmauer gepreßt, so daß das Feuer und die Pfeile der Böhmen im Bogen über sie dahinflogen, standen die zwölf Männer. Sie standen hier, um den Übergang von jenseits zum Hockstein zu beschützen.

Romuald wußte, daß nur noch wenige von ihnen am Leben sein konnten. Deshalb versuchte er mit seinen Männern, Bohlen über die Schlucht zu schlagen. Aber es war nichts zu machen. Sobald einer sich dem

Hockstein näherte, zischte ein Pfeil durch die Mauerscharten und traf ihn so wohlgezielt, daß er lautlos hintenübersank. Und wenn die übrigen mit lauten Verwünschungen den Schützen suchten, der mit sicherer Hand aus seinem Versteck in ihre Reihen zielte, so starrte ihnen nur die hohe Ringmauer des Hocksteins entgegen, hinter der die zwölf Männer standen.

Da gebot der Burggraf, das Bohlenschlagen einstweilen noch zu lassen, da es ihm nur Blut kostete.

„Es ist noch nicht so weit, Männer noch nicht. Die da drüben müssen noch zahmer werden. Es wird nicht mehr lange dauern, dann gibt es auf dem Hockstein nichts mehr zu essen und zu trinken. Dann wird die da drüben auch die Kraft verlassen, die Schlucht zu verteidigen. So lange schleicht Euch wohlverdeckt heran und werft Feuer hinüber. Es wird wieder trocken. Das hilft uns. Anders ist ihnen jetzt nicht mehr beizukommen."

Aber der junge Duba schimpfte.

„Es ist eine Schmach und Schande, daß wir so lange hier vor dem Hockstein liegen müssen. Ratimer lacht sich ja ins Fäustchen. Und wenn er jetzt mit den Seinen da drinnen verbrennt, so ist es doch noch lange nicht Strafe genug für ihn, der Jadwig raubte, so daß sie vor Gram in den Tod ging."

Der Burggraf nickte grimmig und strich sich den grauen Bart.

„Ratimer darf nicht verbrennen oder einer ihn im Kampf erschlagen. Ich muß ihn lebendig haben. Furchtbar will ich mein Kind an ihm rächen."

Der junge Duba warf die Würfel auf das Kalbfell. Sie vertrieben sich mit Spiel und Trunk die lange Zeit des Wartens vor dem Hockstein.

„Onkel, Ihr wißt ja gar nicht, ob der Ratimer noch lebt. Sie haben in den letzten Nächten auf der andern Seite Tote hinabgelassen. Die Wachen sahen es."

Die eisgrauen Brauen des Burggrafen zogen sich eng zusammen.

„Ratimer lebt. Meinst du, sie hielten sonst noch den Hockstein?"

Der Burggraf ging hinter dem beschützenden Wall auf und ab. Bei jedem Schritt schlug klirrend das Schwert an seine hirschledernen Stiefel. Mit einem Tuch wischte er sich den Schweiß von der Stirn.

„Gib mir zu trinken, Benesch, es ist heiß."

Der junge Duba füllte zum viertenmal den Humpen und reichte ihn dem Onkel. Dabei sah er ihm lauernd ins Gesicht.

„Was werdet Ihr mit Ratimer tun, wenn Ihr ihn lebendig fangt?"

In einem langen Zug hatte Romuald den Krug geleert.

„Wir Böhmen rächen uns heiß und blutig. – Du wirst es sehen."

Dann setzte er sich auf einen gefällten Tannenstamm und starrte auf den Hockstein. Dabei ballte sich langsam seine Rechte zur Faust.

Der junge Duba reckte die Glieder und gähnte.

„Es ist heiß und öde hier, schon zwei Monate sitzen wir untätig hier herum. Sie werden Durst bekommen da drüben jenseits der Mauer. Auf den endlichen Sturz des Hocksteins, Herr Ratimer!"

Er hob den Humpen und lachte.

Der Burggraf sagte nichts. Er starrte in die Flammen, die sich wie zwei rieselnde, gelbrote Bänder vom Nachthimmel abhoben. Von Zeit zu Zeit klang ein Krachen von stürzenden, berstenden Balken und fallenden Steinen herüber. Dann sprühte es auf wie goldener Funkenregen, der in zischendem Geknatter jäh wieder in sich zusammensank.

Wieder waren ein Tag und eine Nacht über den Hockstein gegangen. Zehn Mann waren vor Ermattung unter der Ringmauer eingeschlafen. Nur Ratimer und der alte Bartus standen noch aufrecht. Sie ließen die andern ruhig schlafen, daß sie ausgeruht wären, wenn die Not kam. Des Bartus Frau trug tiefgebückt und mit dem Schild sich schützend, Essen zu den Männern an der Mauer. So rannen Stunden und Tage in steter Gleichheit.

Jeden Morgen trat ein Mann des Burggrafen mit einem weißen Tuch in der Hand hart an die Schlucht. Der forderte die Hocksteiner auf, die Burg zu übergeben, und versprach allen Freiheit und Leben, wenn sie Ratimer lebendig auslieferten. Ein wildes, verweigerndes Brüllen war immer die Antwort, so daß die Böhmen selbst meinten, es seien noch an die hundert Mann auf dem Hockstein. Dabei standen die zwölf mit versengtem Haar und rußigem Gesicht regungslos auf ihre Schwerter gestützt, denn sie konnten nicht mehr allein stehen, und hinter ihnen ein schwelender, rauchender Trümmerhaufen, die Burg, deren schwarze, kahle Mauern klagend in die blühende Junipracht ragten.

Die Hitze war unerträglich geworden. Die Sonne brannte vom Himmel und die Flammen im Rücken. Des Pförtners Frau schleppte mit grauem Gesicht, wie ein Gerippe abgemagert, den Wasserkrug hin und her. Bis sie ihnen mit dürstenden Lippen entgegenstammelte: „Es gibt kein Wasser mehr."

Dann sank sie lautlos zusammen.

Es gab auf dem Hockstein kein Wasser mehr und auch kein Brot. An diesem Tag noch starben drei Mann. Der alte Bartus hatte nicht mehr die Kraft, die Toten die Mauer hinabzulassen.

So übernahm es Ratimer, denn er war der einzige, der noch aufrecht gehen konnte. Dann suchte er unter dem rauchenden Trümmerhaufen die steinernen Stufen, die ins Kellergewölbe hinabführten. Schutt und verkohlte Balken versperrten ihm den Weg. Er tastete sich mühsam die Treppe hinab. In der Dämmerung des Gewölbes saß in einer steinernen Nische Jadwig. Sie saß aufrecht und sah ihn aus großen, tief umrandeten Augen an. Es war, als schrecke sie zusammen, als er nun vor ihr stand.

Sie erkannte ihn nicht wieder. Ruß und Staub hatten sein hageres, scharfes Gesicht geschwärzt, so daß nur das Weiße der Augen deutlich zu sehen war. In Fetzen hing ihm die Jacke vom Leib. Er war so abgemagert, daß man die Knochen unter der Haut sah. Blutig war sein Hemd vorne auf der Brust. Staub und Blut klebte in seinem blonden Haar.

Er trat vor sie hin und stützte sich auf sein Schwert. Aber nicht, als ob er matt sei, sondern weil er diese Stellung immer einnahm, wenn er mit jemand redete.

„Ihr müßt fort von hier, Jadwig. Jetzt werdet Ihr es wohl endlich selber einsehen. Wir haben kein Brot und kein Wasser mehr. Es geht zu Ende mit dem Hockstein."

„Ja, es geht zu Ende. Ich habe es schon lange gewußt. Aber glaubt nicht, Ratimer, daß ich noch in der Todesstunde ein Geschenk von Euch will. So wie Ihr weiß auch ich zu sterben. Und ich sterbe gern, denn der Hockstein fällt."

Er stand unbeweglich.

„Ihr seid stolz, so wie ich nie zuvor eine Frau gesehen habe. Seht, ich will Euch ja nichts schenken. Ihr könnt tun und lassen, was Ihr wollt. Ihr könnt an die Mauer gehen und Eurem Vater zurufen, daß er Euch holen läßt. Wir werden es nicht verhindern."

Sie schüttelte das dunkle Haupt.

Es lag wie ein Schleier über ihrer tiefen Stimme.

„Spart Euch Eure Worte, Ratimer. Sie sind umsonst. Mein Wille ist von Eisen. Meine Seele schreit danach, bei den Meinen zu sein, um Euren Untergang mit anzusehen, um zu sehen, wie der Hockstein brennt und zerfällt. Nun ich es nicht mit diesen Augen sehen kann, träume ich davon bei Tag und Nacht."

Er lachte. Das klang, als wenn Schwerter auf Felsen zersplittern.

„Wahnwitzige Frau! Ist dein Stolz so groß? Aber Ratimer w i l l, daß Du lebst. Und auch sein Wille ist von Eisen."

Er trat einen Schritt näher zu ihr.

„Jadwig, der Hockstein ist eine Stätte des Todes und der Verwüstung geworden. Euer Wunsch ist erfüllt. Man nimmt mir die letzte Heimat. Ich klage nicht darüber. Mein Tod wird ein jauchzendes Lachen sein, weil ich sterben kann, wo meine Mutter mich gebar. Ihr wollt mich klein und bittend sehen. So seht Ihr Ratimer nie, Jadwig."

Ihre Finger waren wie Eis. Sie hob sich aus der Nische und stand vor ihm, hoch und stolz wie er selbst.

„Ratimer, noch kann Euch der Hockstein erhalten bleiben. Noch kann Euch Euer Leben und das Leben Eurer letzten Männer erhalten bleiben. Jadwig will Euch alles, alles schenken – um einen Preis."

Es war, als wollten Ratimers Augen aus den Höhlen treten. Weit vorwärts streckte er seinen Kopf, als lausche er einem süßen, fernen Gesang. Schwer ging sein Atem wie fallender Urwaldtannen knarrendes Ächzen.

„Spielt nicht mit mir, Jadwig – o spielt nicht mit mir. Ihr wißt, daß am Hockstein meine Seele hängt. Um ihn zu retten – ich weiß nicht, was ich täte."

In ihrem Gesicht standen die Augen wie eine verzehrende Glut.

„Es ist nicht viel, was ich von Euch fordere, Ratimer. Dann gehe ich zu meinem Vater und bitte ihn um Euer Leben und um den Hockstein."

Er biß die Zähne zusammen, daß es knrischte.

„Quält mich nicht so lange. Was soll ich tun?"

Sie rührte sich nicht. Kaum, daß sie ihre Lippen bewegte, als sie jetzt sagte: „Kniet vor mir nieder, Ratimer, und bittet mich um den Hockstein."

Er starrte sie an. Wie im Krampf schlossen sich seine mächtigen, sehnigen Fäuste, als wollten sie etwas umkrallen. Dann warf er den Kopf empor und trat einen Schritt zurück.

„Ihr wißt es genau, Jadwig, daß ich noch nie vor Menschen gekniet bin. Das hieße den Stolz meiner Seele verkaufen. Und Ratimer verkauft seine Seele nicht – auch nicht um den Hockstein."

Jetzt beugte sie sich vor. Ihre Stimme war heiser.

„Niemand sieht es hier, Ratimer, niemand. Und

ich schwöre es Euch bei Gott, daß ich es niemand verraten will, daß Ihr vor mir gekniet seid."

Er sah sie an.

„Eure Worte sind süß und lockend. Aber mein Stolz und meine Ehre sollen rein und makellos bleiben. Was schiert es mich, ob andere es sehen oder nicht. Ich habe noch nie gebettelt. Gehabt Euch wohl!"

Im dämmrigen Kellergewölbe des brennenden Hocksteins ging er weg von ihr, die steinernen Stufen hinauf.

Jadwig starrte ihm nach. Wie gemeißelt das starre, totenbleiche Antlitz.

*

13

Ratimer stand allein unter Toten.

Als die Sterne am Himmel leuchteten und der Mond sein bleiches Licht über Schutt und Trümmer warf, band Ratimer ein weißes Tuch an sein Schwert und hielt es über die Mauer.

Von drüben erschallten die Siegesrufe.

„Sie wollen sich ergeben! Nun wird der Hockstein unser."

Ratimer schüttelte den Kopf.

„Noch bin ich Herr auf dem Hockstein, und ich ergebe mich nicht. Ruft den Burggrafen Romuald Niemans, ich möchte ihn sprechen."

Da taten sie, wie er ihnen geheißen hatte.

Auf jeder Seite der Schlucht standen sich die beiden Feinde Auge in Auge gegenüber. Schwer und breitbeinig stand Romuald, behäbiges Abwarten im schlaftrunkenen Gesicht.

Ratimer war vor das Tor des Hocksteins getreten, hart an den Abgrund, der zwischen ihnen klaffte. Es sah fast aus, als stiege im Mondlicht ein Geist aus den rauchenden Trümmern.

Er stand auf sein Schwert gestützt, wie es seine Art war. Sein verstaubtes, rauchgeschwärztes Gesicht war hohl. Hohl und dumpf seine Stimme, mit der er jetzt zu sprechen begann: „Romuald Niemans, Burggraf vom Königstein, lasset Bohlen über die Schlucht legen und sendet einen Mann - nicht mehr! –, daß er Eure Tochter hole, ehe sie stirbt."

Romuald fuhr auf.

„Wollt Ihr mich narren, Ratimer? Mein Kind ist nicht mehr am Leben. Sie wollte selber in den Tod gehen, damit ich Feuer auf den Hockstein werfen könnte."

Ratimer stützte sich schwer auf seine Waffe.

„Ich sagte Euch schon einmal, Romuald, daß Euer Kind lebt. Aber nicht mehr lange. Laßt sie bald holen."

Da trat der junge Duba zu seinem Onkel.

„Er will uns in eine Falle locken, und dann erschlagen."

Da lachte Ratimer. Es klang so voll Spott und Hohn, daß es den anderen das Blut in die Schläfen trieb.

Romuald hob die Hand.

„Wir werden die Bohlen legen, Ratimer, und Jadwig holen, wenn sie noch lebt. Ich selber komme hinüber."

Ratimer stieß mit seinem Schwert auf den Fels.

„Ja, Romuald, bis hierher kommt Ihr, aber nicht weiter. Euer Wort darauf, daß Ihr allein kommt, und daß Ihr keinen Versuch macht, durchs Tor auf den Hof zu schauen, wo meine Männer hinter der Ringmauer stehen."

Romuald hob die Schwurfinger.

„Mein Wort, Ratimer vom Hockstein."

Da ging Ratimer auf den Hof zurück und schloß das Tor, daß es krachte.

Die Böhmen bauten die ganze Nacht an einer Brücke über die Schlucht. Es störte sie kein Pfeil mehr dabei.

Als die Sonne aufging, war die Brücke fertig. In

einer langen Kette standen die böhmischen Schützen am Abhang, als ihr Herr über die Bohlen ging.

Nachdem Romuald das Hocksteiner Felsplateau erreicht hatte, öffnete sich das gewaltige Tor, das bisher noch vom Feuer verschont blieb, da es ringsum mit Eisen beschlagen war.

Ratimer trat heraus, in seinen Armen hielt er Jadwig. Die schien nicht mehr am Leben, so weiß war ihr Gesicht und so schlaff die stolzen Glieder. Weit hintenüber lag ihr Haupt mit den langen, schwarzen Haaren. Die Augen waren fest geschlossen.

Es kam Romuald ein Zittern an, als er sein Kind so sah.

Ratimer legte sie in seine Arme.

„Sie ist nur ohnmächtig, Burggraf. Flößt ihr gleich Wein ein und ein wenig zu essen, dann wird's besser mit ihr."

Da trug Romuald Jadwig zu den Ihren zurück. Als er wieder jenseits der Schlucht war, hieb Ratimer selbst mit einem Beil die Bohlen durch, daß sie polternd in die Tiefe stürzten.

Romuald drehte sich um. Er hatte Jadwig zu Boden gleiten lassen, wo der junge Duba ihr Wein einflößte.

„Ratimer vom Hockstein, was wollt Ihr Euch noch länger verteidigen? Ergebt Euch, Ihr schafft's nicht mehr lange."

Ratimer neigte den Kopf.

„So sterbe ich auf dem Hockstein, Romuald Niemans, ich ergebe mich nicht."

Er schritt zurück und schloß das Tor hinter sich.

Nun war er ganz allein auf dem Hockstein.

Es kam, wie es kommen mußte. Nach drei Tagen versuchte Romuald abermals, eine Brücke über die Schlucht zu schlagen. Niemand verwehrte es ihm. Sie wunderten sich alle darüber. Mit großer Vorsicht schlichen die Böhmen über die Bohlen und sprengten das Tor. Die ersten, die auf den Hof drangen, prallten entsetzt zurück.

Tot lagen die Letzten vom Hockstein an der Ringmauer, teils in den Knien, teils vornüber auf dem Antlitz. Einige hielten noch Pfeil und Bogen in ihren starren Händen. Es kam sie alle ein Schaudern an, als sie das sahen. Aber wo war Ratimer?

Die Böhmen gingen suchend über die verschütteten, verkohlten Trümmer hin und her.

Da entdeckte einer die steinernen Stufen, die zum Kellergewölbe führten.

Der Burggraf und der junge Berka von der Duba stiegen zuerst hinab. Sie mußten eine Fackel entzünden, denn es war finster hier unten. Sie tasteten sich über Geröll und Asche vorwärts. Als sie in den großen Keller kamen, hob Romuald die Fackel, daß ein Funkenregen bis zur tiefgewölbten Decke stob. Es war jetzt hell ringsum, so daß man bis in die dämmrigen Ecken schauen konnte. Die beiden Männer fuhren zusammen. Vor ihnen saß in einer Nische auf sein Schwert gestützt Ratimer und schlief. Oder war er tot?

Romuald trat auf ihn zu und senkte die Fackel. Dann legte er ihm die Hand auf die Schulter. Da fiel Ratimer hintenüber. Zu Boden klirrte das Schwert. Sie hoben ihn auf und trugen ihn nach draußen in die frische Luft. Zwei Männer brachten ihn über die Bohlen der Schlucht und legten ihn auf den Waldgrund. Hier standen sie im Kreise um ihn herum, scheu flüsternd.

„Da liegt er, der unsere ganzen Ländereien unsicher gemacht hat. Der immer wieder mit List seinen Feinden entwischte."

„Nun haben wir Ruhe vor ihm, denn er ist tot."

„Er ist nicht tot, ich fühle matt seinen Herzschlag."

„So laß ihn hier verrecken wie einen Hund, er hat es nicht besser verdient."

Da trat Romuald zu ihnen. Sein Gesicht war finster.

„Ich will es nicht, daß man Ratimer vom Hockstein hier so verrecken läßt. Er hat gekämpft wie ein Mann, er soll auch sterben wie ein Mann. Gebt ihm zu trinken."

Der junge Duba beugte sich vor.

„Und was wird dann mit ihm?"

„Er wird sein Urteil empfangen, wie er es verdient hat nach seinen Taten."

Da flößten sie ihm Wein ein, so daß die Ohnmacht wich und er wieder zu sich kam.

Als es Abend wurde, brachen die Böhmen das Lager ab und zogen elbaufwärts. In ihrer Mitte führten sie gebunden den schwankenden Ratimer.

Am Waldhang drehte er sich um und warf nocheinmal einen wehmütigen Blick zurück auf seinen geliebten Hockstein.

Ein wilder Trümmerhaufen und verkohlte Mauerreste bedeckten den Fels, der einst die stolzeste Burg getragen hatte. Schwalben schossen an den leeren Fensterhöhlen vorüber. Im Abendwind rauschten die Tannen.

Ratimers Hände zitterten, daß ein Klirren durch seine Ketten ging.

Da stießen sie ihn vorwärts.

In ihrem behaglich ausgestatteten Turmzimmer auf dem Rathen, von dessen hohen Bogenfenstern man auf die Elbe sah, lag Jadwig müde auf ihrem Bett.

Die alte Trud ging hin und her, brachte ihr Wasser und rückte die Decke zurecht. Scheu sah sie von Zeit zu Zeit auf ihre Herrin, die regungslos mit großen, weit offenen Augen dalag. Jadwig hatte ihr Bett so stellen lassen, daß sie den Himmel und die Tannen sah.

Täglich kam Romuald die steile Wendeltreppe herauf und sah nach seinem Kind. Täglich brachte der junge Duba Wildrosen und Glockenblumen aus dem Wald. Denn draußen blühte der Sommer in seiner ganzen Pracht.

Blaugolden glitzerten die Elbwellen, die plätschernd an die Mauern des Rathen schlugen. Es war ein Jubeln bei allen Männern und dem Gesinde, daß das müßige Ausharren vor dem Hockstein nun endlich ein Ende hatte. Und daß ihre Herrin wieder unversehrt in ihrer Mitte war.

Die von König Wenzel zu Hilfe gesandten Böhmen zogen lachend und singend wieder ab, ein Schreiben des Romuald Niemans, Burggrafen vom Königstein, an ihren gestrengen Herrn und König mit sich führend, das ihm die frohe Botschaft überbrachte, daß die Festung Hockstein, die vom aufrührerischen und raublustigen Ritter Ratimer hartnäckig monatelang verteidigt worden war, nun dank der Tapferkeit der böhmischen Männer, die täglich unter Lebensgefahr Feuer auf die Burg geschleudert hatten, endlich gefallen und dem Erdboden gleich gemacht sei.

Und daß der Aufrührer nun Romualds Gefangener sei und als solcher im tiefsten Verlies der Burg Rathen seiner Aburteilung entgegensähe. Diese müßte eine strenge und harte sein, allen böhmischen Untertanen zur löblichen Warnung, weil er nicht nur dem König getrotzt und die Lehenspflichten unterlassen, sondern auch des Burggrafen Tochter geraubt und in bitterer Haft gehalten habe.

Murmelnd schlug das Elbwasser an den weißen Sand. Wie Schaumflocken standen die weißen Wolken am rosa Abendhimmel. Von den saftig grünen Hängen trieb der Hirte die Schafe herab zum Rathen. Kinder badeten unten am Ufer und kreischten so laut vor Vergnügen, daß es Jadwig oben am Fenster hörte. Die Elbe glitt ein Boot herab.

Romuald kam vom Königstein zurück, wo er zu tun hatte.

Die alte Trud brachte Jadwig das Abendessen. Vom Kloster klang das Glockenläuten über das Wasser.

„Ihr seht noch bleich aus, Herrin. Ihr solltet mehr essen und schlafen. Die Gefangenschaft hat arg an Euch gezehrt. Ihr wärt ja auch beinah verdurstet."

Voll Mitleid streiften die Augen der Alten ihre schweigende Herrin. Dann ging sie hinaus, denn der Burggraf kam jetzt die Treppen herauf.

Der setzte sich ans Fenster, seinem Kind gegenüber.

„Nun, Jadwig, immer noch so matt? Warst Du nicht ein wenig draußen?"

Sie schüttelte den Kopf.

„Ich mochte nicht, Vater. Wie steht's auf dem Königstein?"

Er mußte ihr von allem berichten, was er den Tag über getan hatte. Dabei wurde sein Gesicht weicher und milder als sonst. Jetzt lehnte er sich im Stuhl zurück und zog die Brauen zusammen.

„Und morgen halten wir Gericht über Ratimer."

Sie zuckte zusammen.

„Wo habt Ihr ihn hingebracht, Vater?"

„Hier unten ins Verlies. Ich war heute morgen bei ihm. Er ißt und trinkt und scheint guter Dinge, meint wohl gar, wir geben ihm seine Freiheit wieder. Da kann er lange warten."

Der Burggraf lachte und rieb sich die Hände.

„Nein, du schlauer Fuchs, nun wir dich einmal haben, lassen wir dich nicht wieder los. Sagtest Du etwas, Kind?"

Jadwig hatte sich aufgerichtet. Ihre Augen sahen ins Leere, um die blassen Lippen lag ein harter Zug.

„Ich will dabei sein, Vater, wenn Ihr über ihn Gericht haltet. Jadwig vom Königstein will es mit ihren eigenen Augen sehen, wie ihr Vater die Ehre seiner Tochter an Ratimer rächt."

„Du sollst mit mir zufrieden sein. Morgen zur Mittagsstunde wird Ratimer gerichtet."

Sie öffnete die Lippen, als wollte sie noch etwas sagen, aber sie schwieg. Ihre Hände öffneten und schlossen sich mehrere Male. Dann stieß sie hervor: „Wird – wird er des Todes sterben?"

Romuald stand auf.

„Nur mit Blut kann derjenige sühnen, der meinem Kind auch nur ein Haar gekrümmt hat. Das rächt Romuald heiß. Gute Nacht, Jadwig."

Er strich ihr mit der Hand über das lose, schwarze Haar. Dann ging er hinaus.

Sie saß regungslos.

Durch ihren Körper ging ein Schütteln, als fröre sie. Und doch war die Sommernacht noch nie so warm gewesen, so daß die Männer und Mägde noch lange draußen am fließenden Elbwasser saßen.

Mit heißen Köpfen und scheuen Blicken erzählte es einer dem andern, daß letzte Nacht in der Kapelle ein Stöhnen gewesen sei und ein Windstoß die Fackeln der Wachen gelöscht hatte.

Dann sei die Kapellentür aufgegangen und der Mann in Erz den Kreuzgang entlang geschritten.

„Wie sah er denn aus?" fragte neugierig eine junge Magd.

Der Wachmann bekreuzigte sich.

„Vom Haupt bis zu den Füßen in eiserner Rüstung, das Visier geschlossen. In den Händen, die auf der Brust lagen, ein dreigeschliffenes Schwert."

Die Mädchen duckten sich ängstlich. Aber die anderen Männer lachten laut auf.

„Der Bastian hat gestern Nacht zuviel von dem Wein getrunken, den uns Herr Romuald aus Freude über den Fall des Hocksteins geschenkt hat. Da hat er Geister gesehen."

Wieder bekreuzigte sich Bastian.

„Gnad dir Gott, Michael, daß du ihm nicht auch begegnest, wenn du morgen nacht vor dem Verlies Wache stehst.

Wer ihn einmal gesehen hat, vergißt ihn nicht wieder
- den Mann in Erz."

Gutmütig lachend schlug ihm Michael auf die Schulter.

„Du hast wohl noch nicht oft Herrn Romualds Wein getrunken, Kleiner? Aber gute Nacht, ich geh jetzt schlafen."

*

14

Golden schien die Mittagssonne vom wolkenlosen Himmel. Auf der großen, grünen Weide am Felshang hinter dem Rathen stand eine uralte Linde. Der Volksmund erzählte, daß sie noch aus der Heidenzeit stamme. Dieses Jahr stand sie in Blüte, so daß ein wundersames Duften über der ganzen Wiese lag. Unzählige Bienen summten in ihren Zweigen. Das Gras war gemäht, und mischte sich süß mit dem Lindenduft.

Ein pupurner Sessel stand unter der Linde. Hier wollte Romuald Niemans, Burggraf vom Königstein, heute um die Mittagsstunde Gericht halten im Namen des Königs über Ratimer, den einstigen Herrn vom Rathen und Hockstein. Links vom Purpursessel stand ein Stuhl. Hier ruhte, das kranke Bein ein wenig erhöht, der alte Nikolaus Berke von der Duba. Lang hing ihm der große, graue Bart auf die mächtige, breite Brust.

Neben seinem Stuhl stand sein Neffe, der junge Benesch.

Rechts vom Sessel saß wie ein Marmorbild im hellblauen Kleid Jadwig. Regungslos lagen ihre weißen Hände auf den hohen Lehnen zu beiden Seiten. Hinter ihrem Stuhl stand Wratislav, der Vogt.

Dahinter die Männer und das Gesinde vom Rathen und Königstein und viel Volk aus der Umgegend, das sich das große Schauspiel nicht nehmen lassen wollte, wie der wilde Ratimer gerichtet würde. Jenseits aber hoben sich die trutzigen Zinnen des Rathen zum blauen Sommerhimmel. Vom fernen Kloster kam ein Läuten, das bedeutete die zwölfte Stunde.

Die Menge wurde unruhig, und das Murmeln verstärkte sich.

Da kam vom Rathen her der Burggraf geschritten. Sie erkannten alle seine sehnige, untersetzte Gestalt mit dem raschen, festen Gang. Sein hartes kühles Auge flog über die Menge. Vor dem roten Sessel wandte er sich und zog einen Schlüssel aus seinem Mantel. Den gab er zwei Männern, die mit gehobenen Lanzen bereitstanden.

„Geht und holt den Gefangenen."

Er sagte es kurz und hart, wie es seine Art war. Dann setzte er sich auf das rote Tuch zwischen Jadwig und dem alten Duba.

Die Menge war verstummt. Es lag ein gespanntes Warten über allen. Es war so still, daß man deutlich die Bienen in den Zweigen summen hörte.

Da kam vom Rathen her ein feines, kaum hörbares Klirren. Es war die Kette des Gefangenen, mit der man seine Hände gebunden hatte. Hundert Augen starrten hinüber zu Ratimer, dem Gefesselten. Er ging ein wenig schwankend. Sein Haupt trug er aufrecht und sah mit seinen klaren, stählernen Augen um sich.

Tief eingefallen waren die Wangen, in Fetzen die verstaubten Kleider. Auf beiden Seiten ging ein Mann mit einem Speer und gezücktem Schwert. So hatte es Herr Romuald angeordnet, denn sie fürchteten auch den gefesselten Ratimer noch.

Hart vor Romuald führten sie den Gefangenen. Romuald hatte die Hände auf die Knie gestemmt und die Stirn gefurcht. Sie sahen es alle, daß heute kein Erbarmen bei ihm war, und es ging ein Schauer durch die Menge. Der Burggraf hob die Hand, wie um Schweigen zu gebieten. Aber es war schon vorher alles still ringsum.

„Ratimer vom Hockstein, Ihr wißt, warum Ihr vor mir steht. Im Namen des Königs Wenzel von Böhmen spreche ich heute Gericht über Euch."

Die stählernen Augen Ratimers schossen Hohn.

„Kein böhmisches Gericht erkenne ich an. Ich stehe unter dem Markgrafen von Meißen."

Es war eine Kühnheit, in diesem Augenblick so etwas zu sagen. Sie zuckten alle zusammen. Auf des Burggrafen Stirn schwollen die Zornesadern.

„Was unter Euern Vätern zu Meißen gehörte, gehört heute zu Böhmen, das wißt Ihr wohl. Aber Ihr habt Euch trotzig gegen diesen Euern Lehnsherrn aufgelehnt. Ihr wißt, was nach böhmischem Gesetze darauf steht."

Ratimer schüttelte den Kopf.

„Bin noch nie bewandert gewesen in böhmischen Gesetzen, Romuald."

Der Burggraf sprang auf, seine Augen brannten vor Zorn.

„So sage ich es Euch heute. Wer als böhmischer Untertan zu fremdem Herrn hält und König Wenzel den Gehorsam verweigert, muß des Todes sterben."

Ratimer zuckte mit keiner Wimper. Er sah dem andern voll ins Gesicht.

„Ich habe es mir wohl gedacht, weil Ihr so grimmig ausschaut, Romuald. Ich fürchte auch den Tod nicht, denn es hat lichte Augenblicke in meinem Leben gegeben. Nur eine Bitte habe noch vorm Sterben."

Sein Auge flog hinüber zu Jadwig, die regungslos mit weißen Lippen aufrecht und stolz auf ihrem Stuhl saß.

Der Burggraf hob spöttisch die Schultern.

„Ihr und bitten, Ratimer? Das kommt mir wundersam vor; aber redet."

Ratimer atmete schwer, als kämpfe er mit sich selbst. Dann sagte er leise: „So ich doch sterben muß, so laßt es auf dem Hockstein geschehen, Romuald."

Der Burggraf fuhr mit der Hand durch die Luft.

„Es gibt keine Burg Hockstein mehr."

Ratimers Lippen zitterten.

„Keine Burg mehr, Romuald – aber der Fels, auf dem meine Burg stand. Der Fels, auf dem mich meine Mutter geboren, auf dem meine treuen Männer alle um mich gestorben sind. Und der Fels wird Hockstein heißen nach Jahrhunderten noch, wenn auch von den verkohlten Mauern nichts mehr blieb. Denn er ist der Fels der Treue, Romuald."

Der Burggraf zog die Oberlippe schief.

„Genug des Schwätzens für einen Gefangenen. Ihr dürft weder Wunsch noch Willen mehr haben, Ihr –"

Jäh unterbrach ihn Ratimer.

„Ihr seid hart, Romuald; denn jeder Verurteilte hat einen Wunsch frei."

Romuald kochte.

„Schweigt! Meine Langmut hat ein Ende. Doppelt habt Ihr Euch vergangen, am König und an meinem Kind, Jadwig vom Königstein. Doppelten Tod habt Ihr verdient. Keine Gnade gibt es für einen solchen, wie Ihr seid. Der Ihr Unruhe und Zwietracht ins Land gebracht habt, seit man Euern Vater begrub. Wir

Böhmen sind fromme Christen, wir halten, was heilig ist. Und heilig ist die Rache. Heute räche ich meinen König und mein Kind an Euch, Ratimer."

Ratimer sagte kein Wort mehr. Er hatte die Lippen zusammengepreßt und sah gerade vor sich hin. Es lag wie Spott und Verachtung um seinen Mund.

Da wandte sich Romuald Niemans an seine Tochter.

„Hast du noch eine Klage oder ein Entschuldigen für den Gefangenen, Jadwig? So sei Dir das Recht unbenommen; denn Du kennst ihn besser als wir und warst lange in seiner Haft."

Sie sahen jetzt alle auf Jadwig, nur Ratimer nicht.

Sie war bei den Worten ihres Vaters zusammengefahren. Aber nur sekundenlang. Dann lagen ihre Hände wieder kühl und weiß und regungslos wie zuvor. Kühl und weiß und regungslos war auch ihr Gesicht. Sie hob die langen, dunklen Wimpern, die wie ein schwarzer Schleier über den Augen hingen.

„Kein Entschuldigen habe ich für Ratimer. Nur Klage rufe ich wider ihn Tag und Nacht, weil er Jadwig vom Königstein Gewalt angetan hat.

Romuald nickte kurz.

„Ich wußte es. So muß er sterben."

Als Jadwig zu sprechen begann, hatte Ratimer sie angesehen. Sekundenlang. So, als sei mit einmal ein letztes Hoffen in seiner Seele aufgeglommen.

Seine stählernen Augen hingen wie Flammen an ihrem Gesicht. Sie sah ihn nicht an.

Da schrie es in seiner Seele: „O, Jadwig, denkt an die Stunde, als Ihr todmatt in meinen Armen lagt und ich Euch mein Blut zu trinken gab. Denkt an die Stunde, als ich Euch auf diesen meinen Armen aus dem Feuer trug vor das Tor, damit Ihr bei Eurem Vater wäret. Denkt an die Stunde, als ich das Lied spielte in jener süßen träumenden Maiennacht!"

So schrie seine Seele.

Aber sein Mund blieb stumm. Er wußte es wohl; wenn er jetzt vor ihr niederknien würde und um sein Leben flehen, würde sie ihm helfen.

Aber Ratimer kniete nicht. Nur in ihr Antlitz schaute er, weil er wußte, daß es zum letztenmal war.

Romuald gab den beiden Knechten mit dem Speer einen Wink. Da nahmen sie Ratimer wieder in ihre Mitte. Sie führten ihn zur Nordseite der Burg, über den Wallgraben, in dem schillernd das Wasser stand.

Darin spiegelten sich Schilf und leuchtend gelbe Schwertlilien. Blaugrüne Libellen schossen glitzernd im Zickzack durch die brütende Mittagsschwüle. Eine schmale Pforte führte von der Burg aus hier auf den Wall. Die Pforte lag tief und schien in die unteren Kellergewölbe zu führen. Jetzt stand sie weit offen, Mauersteine und ein Kübel mit Mörtel lagen davor. Man führte Ratimer durch die Pforte.

Da sah er sich in einem kleinen, schmalen Raum, dessen Wände aus Felsstein waren, ohne Tür und Fenster. Die einzige Öffnung war jener Ausgang auf den Wall. Rechts und links von der Pforte stellten sich die beiden Männer auf, die Speere vor der Öffnung gekreuzt.

Wie ein Bienenschwarm hatte sich das Gesinde und das Volk rings um Herrn Romuald gedrängt, der oben auf dem Wall stand. Er hob die Hand, so daß das neugierige Murmeln verstummte.

„Im Namen des Königs Wenzel von Böhmen verurteile ich hiermit Ratimer vom Hockstein zum Tode des Einmauerns, was noch in dieser Stunde an ihm vollzogen werden soll."

Ein Schrei ging durch die Menge. Ein so grausames Urteil hatten sie nicht erwartet. Es war lange her gewesen, daß im Elbgau einer lebendig eingemauert worden war.

Aus dem Dunkel der Zelle, wo Ratimer hinter den gekreuzten Speeren stand, kam ein dumpfer Laut, wie der Schrei des zu Tode gehetzten Hirsches. War es Ratimer gewesen? Als sie ihm in starrem Entsetzen ihre Köpfe zuwandten, stand er unbeweglich wie zuvor.

Der Burggraf tat einen Schritt vor.

„Hebt die Tür aus und vermauert die Öffnung, wie ich befohlen habe."

Da traten zwei Mann mit der Mauerkelle hinzu und machten sich an die Arbeit. Die Männer mit dem Speer standen daneben und hielten Wache.

Das Volk hielt den Atem an.

Da schrie Ratimer mit einer Stimme, die wie das Brüllen eines Löwen klang, Jadwigs Namen. Sie stand oben auf dem Wall neben ihrem Vater. Romuald fuhr unmutig herum.

„Was wollt Ihr von meiner Tochter?"

Ratimers stählerne Augen blitzten aus der Dämmerung des Kerkers.

„Ich muß ihr noch etwas sagen, bevor ich sterbe."

Da kam Jadwig, langsam, Schritt um Schritt, den Wall herunter, bis sie vor der Öffnung stand.

„Ihr habt mich gerufen, Ratimer."

Er trat hart an die gekreuzten Speere, daß sie ihn alle sehen konnten, und sprach mit weicher, leiser

Stimme, die nur die Wächter und die mauernden Männer hören konnten.

„Ja, ich habe Euch gerufen, Jadwig, weil ich nun sterben muß und Euch noch einmal nahe sein will. Weil ich noch einmal Eure wundersüßen Augen und Euer schwarzes Haar sehen muß. Und Eure bleichen Lippen, die ich in seliger Stunde geküßt habe. O, weicht nicht zurück! Bleibet hier in meiner Nähe, bis ich nichts mehr sehen kann. Wenn sie mir das Licht des Lebens nehmen, soll als letztes Euer süßes Bild davor gestanden sein. Ich weiß wohl, warum ich sterben muß. Nicht wegen König Wenzel und der Lehnspflicht. Wegen Euch muß ich sterben. Weil ich Euch liebe, Jadwig vom Königstein! Weil ich Eure reinen Lippen berührte, muß ich so grausam sterben. Ihr habt es mir von Anbeginn vorher gesagt. Aber ich konnte es nicht anders. Und wenn ich noch einmal mein Leben hätte, würde ich noch einmal so handeln. Ihr seid gerächt, Jadwig, wie es Euer Wille war."

Als schlüge er sie in Bann, so stand Jadwig vor ihm und rührte sich nicht. Wie tot blickten ihre nachtschwarzen Augen.

Das Volk ringsum und Romuald wunderten sich, was die beiden miteinander zu reden hatten. Aber sie konnten kein Wort hören.

Die mauernden Männer setzten Stein um Stein. Nun ging es Ratimer schon an die Brust. Eintönig klang das gleichmäßige Klopfen durch die tiefe Mittagsstille.

Wie verzehrend hingen Ratimers Augen an der starren Frau. Hinter ihrem blauen Kleid leuchteten die Schwertlilien am Wassergraben.

Jetzt gingen ihm die Steine bis an die Schultern. Die beiden Wachen senkten die Speere, denn nun konnte Ratimer nicht mehr entfliehen.

Da krampften sich Jadwigs Hände wie in Entsetzen. Es war einen Augenblick, als kämpfe sie mit sich selber. Dann beugte sie sich plötzlich vor, daß ihre Lippen fast sein Ohr berührten.

„Ich will Euch retten, Ratimer – wenn – Ihr vor mir kniet."

Fast stöhnend hatte sie es hervorgestoßen. Niemand außer ihm hatte es gehört.

Eine große Qual kam in seine Augen.

„Ich kann nicht knien, Jadwig – auch nicht vor Euch. Soll meine Seele lügen, so hart vorm Tod? Soll ich zum Schauspiel werden für Eure Augen, um mein Leben zu retten?"

Sie war bei seinen Worten emporgeschnellt und stand nun hoch und regungslos wie zuvor. Es war keine Farbe mehr in ihrem Gesicht und in ihren Händen.

Er sah sie an. Unbeweglich. Bis sich die Steinwand zwischen ihn und sie schob, und er nichts mehr sehen konnte als ein schmales Streifchen weißblauen Sommerhimmels.

Dann schlossen sie die letzte Öffnung.

Ratimer vom Hockstein war begraben. Jadwigs Ehre war gerächt.

Da brach der Burggraf die lastende Stille.

„Vollstreckt ist das Urteil an dem Gefangenen. Wer es wagt, sich der frischgemauerten Öffnung zu nähern oder Ratimer zu befreien – ist des Todes. Wer es auch sei. Zwei Wachen bleiben hier, bis ich sie abrufe."

Er seufzte tief und fühlte sich wie von einer schweren Last befreit.

„Nun darfst du wieder aufatmen, Elbgau!"

In scheuem Zittern zerstreute sich das Volk und beugte sich vor dem strengen Burggrafen. So Furchtbares hatten sie lange nicht gesehen.

Jadwig war zusammengebrochen. Sie mußten sie in die Burg tragen.

*

15

Ein schwüler Sommertag ging zu Ende. Über den Felsschroffen der Bastei ballten sich dunkle Wolken. In der Ferne zuckte es wie Wetterleuchten. Müde und schläfrig standen die Wachen am Wallgraben. Welk hingen die großen, gelben Schwertlilien über der dunkel schillernden Wasserfläche.

Regungslos lag die Natur. Es rührte sich kein Lüftchen. Eingenickt an seinem Fenster saß der alte Torwärter. Der Streit hatte ein Ende gefunden, der Feind war gefangen, da brauchte er ja nicht mehr soviel achtzugeben wie in den letzten Monaten.

Die Wache im Burghof stand auf ihren Speer gestützt und sah angestrengt nach dem heraufziehenden Gewitter über der Bastei. Es war so still, daß man die Glocke vom fernen Kloster Mitternacht schlagen hörte.

Da hob die Wache lauschend den Kopf. Kam da nicht jemand? Hatte nicht die Tür zur Kapelle geknarrt?

In der Dämmerung der Mitternacht kam es langsam - schweigend über den Hof.

Vom Kopf bis zu den Füßen in Eisen gepanzert, geschlossen das Visier, die Hände gefaltet über der Brust. In den gefalteten Händen das gezückte Schwert.

Die Wache kam ein Frösteln an. Da kam ja, bei allen Heiligen - der Mann in Erz. Er schritt langsam, gemessen, als hätte er keine Eile.

Die Wache besann sich auf ihre Pflicht, faßte sich ein Herz und hob den Speer.

„Halt, wer seid Ihr?"

Schweigend wurde der Speer beiseite geschoben. Der Mann in Erz schritt mit leisem Klirren vorüber, und durch den langen Gang, bis er im Dunkel der Burg verschwand.

Die Wache schüttelte sich und zwang die minutenlange Erstarrung nieder. Sie rief den Torwärter zur Hilfe und beide stürmten dann dem erzenen Geist nach. Sie durchsuchten den Gang und die ganze Burg. Von dem Mann in Erz war nichts mehr zu sehen.

Ratimer stand an die Mauer seines nachtdunklen Gefängnisses gelehnt. Er wunderte sich selber, daß er noch stehen konnte. Aber er wollte im Stehen sterben.

Vor der Mauer draußen hörte er die Wachen auf und ab gehen. Manchmal streifte der Speer die Steine, daß es knirschte. Dann wurde es wieder totenstill.

Ratimers Seele quälte etwas, darum konnte er noch nicht sterben. Seine Gedanken flogen wie große, sehnsüchtige Vögel immer um Jadwig.

Er verstand es wohl, daß sie sich an ihm gerächt sehen wollte, weil er ihrer Freiheit Gewalt angetan hatte. Weil er ihr stolzes Frauentum mit seinem wilden Kuß geschändet hatte.

Seine freie, stolze Seele begriff die andere Seele, die Schmach und Mißachtung nicht dulden konnte. Wer des böhmischen Burggrafen Tochter beleidigte, mußte auf heiße, unversöhnliche Rache gefaßt sein. Das verstand er alles wohl. Aber eines verstand Ratimer nicht. Und das machte ihm Qual.

Daß sie zum drittenmal von ihm verlangt hatte, er solle vor ihr knien.

Sie mußte ihn doch nun kennen, daß sie wußte, so wie sie selber keine Schmach an sich duldete, so duldete auch er keine Schmach. Und es wäre Schmach und Erniedrigung für ihn gewesen, wenn er seine Knie im Staub gebeugt hätte, um sie um sein Leben zu bitten. Hunderte hätten es wohl getan. Ratimer konnte es nicht. Es wäre ihm gewesen, als sei er ein Knecht geworden, der winselnd vor denen kroch, die die Macht besaßen.

Und das bereitete Ratimer so tiefe Qual vor seinem Sterben, daß die Frau, die er so liebte, so etwas von ihm verlangt hatte. Daß sie ihn eingeschätzt hatte, wie man die große Menge einschätzt. Daß sie noch nicht eingedrungen war in die Tiefen seines königlichen Stolzes.

Denn er liebte sie trotz allem. Er liebte sie um ihrer Herbheit und ihres Stolzes willen. Und er freute sich, daß er es ihr noch einmal gesagt hatte.

Ratimer zuckte auf. Es war ihm als hätte er ein Rauschen und Scharren gehört. Er lauschte.

Das waren wohl die Wachen draußen am Wallgraben. Er tastete mit den Händen über die kalten, nassen Steine.

Ob es hier Ratten gab? Es war wohl möglich, so nahe an dem versumpften Wassergraben.

Jetzt hörte er ein deutliches Scharren zu seinen Füßen. Dann ein Knarren. Plötzlich hoben sich die Mauersteine, auf denen er stand, so daß er bis hart an die Wand zurückwich.

Und nun kam es klirrend aus der Tiefe, wie von einem schweren Eisenpanzer.

Irgendwo mußte eine Öffnung entstanden sein, denn es fiel jäh ein fahles Licht in die tiefe Nacht seines Kerkers. Und in diesem Licht sah er eine geharnischte Gestalt, das Visier geschlossen, in den Händen von Erz ein Schwert.

Es kam ihn ein Verwundern an.

„Der Mann in Erz!" dachte er und rührte sich nicht. „So ist es doch wahr, was die Leute reden und was ich immer verlacht habe."

Schweigend hob der Erzene die Hand und wies in die Öffnung, aus der er entstiegen war.

Als Ratimer zögernd stehen blieb, faßte ihn der andere bei der Hand und zog ihn mit sich. Stufen fühlte Ratimer und dann einen langen, finsteren Gang. Er mußte gebückt gehen und tasten, damit er nicht fiel. Der Gang mußte Öffnungen nach oben haben, denn von Zeit zu Zeit blitzte es jäh und schwefelfarben auf.

Das Gewitter stand jetzt gerade über dem Rathen. Und im Schein dieses jähen Aufblitzens sah Ratimer den Mann in Erz vor sich gehen – langsam, klirrend, das Schwert vor der Brust, mit dem tiefgebeugten, behelmten Haupt des unterirdischen Ganges niedrige Decke streifend. So ging es wohl fast eine halbe Stunde. Bis plötzlich der dumpfe Modergeruch aufhörte und frische, kräftige Waldluft ihm entgegenschlug.

Ratimer sah sich forschend um, sie waren direkt am Fuß der Bastei.

Jetzt stand der Mann in Erz vor ihm. Er konnte sein Gesicht nicht sehen, denn das Visier war geschlossen.

Der Mann in Erz drehte sich um und lehnte sich auf sein Schwert. Aber er sagte kein Wort.

Ratimer griff zitternd nach seinen Händen.

„Wer bist Du, den mir Gott selber in meiner Not geschickt hat? Wer bist Du, daß ich Dir danken kann? Bist Du ein Mensch von Fleisch und Blut, so sprich!"

Der Mann in Erz hob die Hand und legte den Finger auf den Mund. Dann wandte er sich zum Gehen, da - wo zwischen den Felsen der Gang mündete.

Die gewitterschwangere Sommernacht und die starke, wundersame Waldluft gaben Ratimer die alten Kräfte und den alten Mut zurück. Mit drei Schritten war er bei dem Mann in Erz.

„Steh, du Fremdling, dem ich aus tiefster Seele danke, und gib mir Rede und Antwort. Ich glaube nicht an Geister."

Der Mann in Erz hob sein Schwert wie zum Schutz. Schweigend stand er so - regungslos.

Es begann ein Ringen, denn Ratimer entwand ihm das Schwert und warf es zu Boden. Die eisengeschienten Arme preßte er zusammen und riß dem Mann in Erz den Helmsturz rückwärts vom Haupt.

Dann schrie Ratimer auf.

Vor ihm stand Jadwig.

Da fiel er in die Knie und umklammerte ihre Füße.

„Ihr - Ihr habt mich gerettet, o süße, wundersame Frau? Ihr seid zu mir gekommen um Mitternacht, unter Lebensgefahr, weil, wenn man Euch gesehen hätte, die Wachen auf Euch geschossen hätten? Ihr - Ihr tatet das, wunderherrliche, stolze Frau! O, warum tatet Ihr dies für den armen, wilden Ratimer?"

Es war wie ein irres Stammeln, das von seinen Lippen kam, als er so vor ihr kniete. Sie beugte sich herab, daß die schwarzen Haare wie ein Mantel über ihn fielen, und legte ihm ihre Hände aufs Haupt.

„Weil ich dich liebe, Ratimer."

Da sprang er auf. Sein Atem keuchte.

„Sagt das noch einmal, Jadwig! O, sagt es noch einmal!"

Sie lächelte aus großen, tiefen Augen.

„Schnallt mir Panzer und Schienen ab, Ratimer, dann sage ich es Euch, so oft Ihr wollt."

Mit zitternden Händen löste er ihr die schwere Rüstung. Da stand sie vor ihm im weißen, glatten Kleid, die schlanken Hände auf der Brust gefaltet.

„Sie werden uns beide suchen, Ratimer. Kommt in Eure Felsenhöhle am Totengang."

Sie gingen nebeneinander über den weichen Waldboden. Beide schweigend wie im Traum oder wie unter der süßen Last eines Wunders.

In der Felshöhle legte er ihr weich ein Bärenfell um die Schultern, denn es hatte sich nach dem Gewitter abgekühlt.

Dann stand er scheu vor ihr, die Augen trunken vor Wonne.

Sie setzte sich auf den Felsblock, wie damals.

„Nun will ich Euch alles sagen, Ratimer. Denn ich habe in Eurer Seele gelesen, was Ihr von mir wissen wollt. Nämlich, warum ich von Euch forderte, daß Ihr vor mir knien sollt. Seht, Ratimer, meine Seele ist groß und stolz schon von Kindheit an. Als ich meinen

Gatten auf meines Vaters Wunsch heiratete, wußte ich nicht, was ich tat. Aber als er nach einem Jahr tot war, da schwur ich mir selber, nur dem einst wieder Frau zu sein, dessen Seele so stolz und groß wie die meine ist. Ich habe Euch damals schon geliebt, Ratimer, aber ich wußte noch zu wenig von Eurer Seele. Ich hatte Männer kennengelernt, die um ihres Vorteils willen den Nacken beugten. Und ich hasse nichts so sehr als Sklaven. Ich wußte, daß ich einmal nur dem Mann folgen würde, der nie sein Knie vor Menschen gebeugt. Ihr wißt, daß ich immer wieder versuchte, Euch in die Knie zu zwingen. Ihr tatet es nicht. Meine Seele hat gezittert, daß Ihr schwach werden und knien könntet. Ich hätte Euch dann nicht mehr lieben gedurft. Weil Jadwig nur lieben kann, was groß und stolz und stark ist. Als sie gestern Euern Kerker zumauerten, habe ich gebangt davor, daß Ihr in der Todesstunde noch Euer Knie aus Furcht beugtet. Meine Seele hat gejubelt, als sie sah, daß Ihr fest bliebt. Als der letzte Mauerstein geschlossen wurde, wußte ich, daß Eure Seele zu der meinen gehörte und daß Jadwig nicht kleiner würde, wenn sie Euch liebte. Von da an suchte ich Euch zu retten. Denn meine Seele und meine Liebe schrien nach Euch.

Ich kannte den Gang wohl, den mein Vater einst zumauern ließ. Anders konnte ich nicht in Euern Kerker, da am Wall die Wachen standen.

Wenn mein Vater erfährt, was ich getan habe, bin ich nicht mehr sein Kind. Denn er haßt Euch. Wir müssen uns verbergen und mit dem Morgengrauen über die Grenze. Da sind wir sicher."

Er sah sie an. Ein Schüttern ging durch seinen Körper.

Er umklammerte ihre Knie und verbarg sein Haupt in ihrem Schoß.

Es war das erstemal in seinem Leben, daß Ratimer vor einem Menschen kniete.

Sie beugte sich tief über ihn und hob mit beiden Händen sein stolzes Haupt.

Da umfaßte er sie und zog sie in namenlosem Glück an sich. Unbeweglich ließ sie ihm ihre Lippen.

Er sah ihr in die nachtschwarzen Augen.

„Und nun will die stolze Jadwig mit dem heimatlosen Ratimer in die Fremde ziehen?"

Sie nickte.

„Das will ich, Ratimer, denn ich liebe Dich, und wo Du bist, ist keine Fremde für mich. Weil meine Seele bei dir Heimat gefunden hat. Im Meißner Land liegt eine Burg meiner Familie von Mutterseite her. Dahin gehen wir, bis des Vaters Zorn sich gelegt hat. Denn er hängt sehr an mir. Dann können wir wieder heimkehren."

Ratimer stand auf und hielt ihr seine leeren Hände hin.

„Nichts habe ich, Jadwig, denn ich bin ein armer Geächteter ohne Heimat."

Da stand auch Jadwig auf. Sie trat dicht zu ihm hin und legte ihr Haupt an seine Schulter.

„Gib du mir Deine Liebe, mehr brauche ich nicht. Weil die Liebe größer ist als aller Welten Pracht. Und weil deine Liebe mein Stolz und meine Krone ist. Gehe mit mir, wohin du willst. Deine Waffen hier in der Höhle werden uns Nahrung verschaffen. Die Quelle, die vom Felsen rinnt, stillt unseren Durst. Vor aller Gefahr beschützt mich deine starke Hand. Ich will deine Frau sein, Ratimer vom Hockstein, weil ich dich liebe."

So standen sie beieinander, Hand in Hand und Lippe an Lippe.

Im Osten wurde es heller. Das Gewitter war vorübergezogen. Regentropfen hingen an den Halmen, als die Sonne aufging.

Da sah Ratimer Jadwig in die Augen.

„In der Höhle liegen Nahrung und Kleider. Und wenn du wirklich mit mir in die Fremde ziehen willst, so komm, du Mann in Erz."